JN063952

梶井基次郎

【 初版刊行時収録の図版 】

※資料註は初版刊行時（昭和53年）の原文を掲載しているため、
増補版刊行時の状況とは異なる場合がある。

梶井が浅見淵に宛てた絵はがき（昭和2年12月6日付）
当時の湯川屋の写真に梶井自筆の説明書きが見える。

上　天城倶楽部。当時の村の映画館で現在は廃屋になっている。
(増補版註:令和5年現在、建物は取り壊されている)

左　大仁警察署湯ヶ島駐在所。「警察の前へ行くと湯川屋の主人も火事装束でゐる。黒帽に四本筋、これが一番威張つてゐるらしい」(昭和2年2月2日付小山田嘉一宛書簡)天城町宿(しゅく)にある。

共同湯の内部より猫越川を望む　「浴場は石とセメントで築きあげた、地下牢のような感じの共同湯であつた」（温泉）

浄瑠璃の先生竹本東福が住んでいた家　湯本館へ入る道の右側に現存している。
（増補版註：令和５年現在、建物は現存していない）

当時の宇野千代　後列右は宇野さんが可愛がっていた湯本館の女中たねちゃん。

九郎橋　当時は吊橋だった。「私は散歩に出るのに二つの路を持つてゐた。一つは溪に沿つた街道で、もう一つは街道の傍から溪に懸つた吊橋を渡つて入つてゆく山径だつた。」（筧の話）

右　川端康成が滞在していた湯本館。昭和2年1月1日、梶井はこの湯本館で川端と初対面した。
下　梶井が約1年半滞在した伊豆湯ヶ島の湯川屋（現在）と猫越川。

梶井が滞在していた当時の湯川屋の一部。左側の建物は世古の滝の共同湯。
右から二人目は少年時代の安藤公夫。

右　中列右が安藤保作。その隣りが朝日屋の大ちゃんの父親。後列左のめがねの人が「木地屋の源さん」こと内田源次郎。
下　後方が「温泉」に出てくる、あんまの宗さん。猫越川にて。

藪熊亭の主人　畑山国太郎氏。

藪熊亭。現在では廃屋同然だが
昔のままの姿で残っている。

鍋島つぎ（後列右端）梶井は「鍋島の子の夢を見た」と淀野隆三に報じている（昭和2年12月5日付書簡）。当時16歳。

『温泉』に出てくる「家の前庭はひろく砥石のやうに美しい」百姓家。

世古館　写真は当時のもので湯川屋の前にあった。梶井は東京から友人がたずねてくるとここへ上って酒を飲んだ。たいていはビールで童謡を唄った。写真二階の左端が梶井たちのよく使った部屋である。現在は建て直されて旅館になっている。

交尾

その一

梶井基次郎

星空を見上げると、音もしないで何匹も蝙蝠が飛んでゐる。その姿は見えないが、瞬間瞬間光を消す星の工合から、気味の悪い畜類の飛んでゐるのが感じられるのである。

人々は寝静まつてゐる。——私の立つてゐるのは、半ば朽ちかけた家の物干場だ。ここからは家の裏横手の露路を見通すことが出来る。近所は、港に舫つた無数の廻船のやうな、ただぎつしりと建て詰んだ家の、同じやうな朽ちかけた物干ばかりである。私は嘗て独逸のペッヒシュタインといふ画家の「市に嘆けるクリスト」といふ画の刷物を見たことがあるが、それは巨大な工場地帯の裏地のやうなところで跪いて祈つてゐるキリストの絵像であつた。その聯想から、私は自分の今出てゐる物干がなんとなくさうしたゲツ

「交尾」原稿。

[illegible]

僕は五日に二ヶ所三好と共に三島に出、僕は下りにのって京都大阪へ行った久し振りに両親に会って来、京大で診察をうけた。診察の結果は東京のよりもすこし悪い今見出してゐるとのことで今補血剤をのんでゐる。両親は随分[illegible]れた。僕は[illegible]と、ふことを両親を前にて眺めた。父の衰へさうだ。僕も早く独立してやらねばいけない。湯ヶ島にゐて創作に熱中することだけ、それだけしか方法はない。一生懸命にやる。それから京阪にのって桃山駅で通りすがりに君の家を見た。随分立派になってゐる。君と[illegible]とのこと、僕と君とのことが心にかかって、そんなことは出来なかったが下りて君の母さんに会って話をしたいやうな気がした。多少の感慨なきを得なかった。

こちらへ帰って来んのが十六日君が八日に書いて呉れた手紙、それから日夜近くの手紙は昨日うけとった。君が健さしく一本気にやってゐる。美しい生活が見えるやうだ。僕は君の手紙の[illegible]の感じで返事を書かなかったが、そのうちに君の[illegible]が[illegible]話ったやうだ。それだけかっしりとしたものになったやうな気がした。然し僕はかけることなき君の友達だ。君が積極的に運命を拓いてゆくことを祈り、僕の出来ることで役立つことがあれば役立ちたいと思ってゐる。

随筆の十一日の分が出来たら一部送ってくれ。楽しみにしてゐる。

それから[illegible]した五円は[illegible]様の[illegible]に借りんの。帰って金を[illegible]って来んから返ししておく。

[illegible]達に[illegible]してはゐないか。どんな工合に[illegible]してゐるのか。あんまりあとは変らないか。そんなこと知りたい。

手紙は君が京都へ立ったあとすぐかもしれないが出す。

[illegible]

湯ヶ島から淀野隆三に宛てた梶井の書簡（昭和２年10月19日付）

上　伊豆湯ヶ島の梶井基次郎文学碑除幕式のとき（昭和46年11月3日）。この日、第一回の「檸檬忌」が行われた。前列左より石原八束、小山榮雅、中谷孝雄、北川冬彦、後列左より梶井勇（弟）、梶井謙一（兄）

右　湯川屋前の高台にある梶井基次郎文学碑。

—座談会出席者の横顔—

杉山たき明治41年生。湯川屋の女中で当時19歳。中伊豆町白岩在住。

小池きよ　明治43年生。湯川屋の長女で当時18歳。富士市在住。

斉藤仙三　明治25年生。消防団員で当時35歳。湯ヶ島町西平在住。

安藤公夫　大正6年生。現在の湯川屋の主人で当時10歳。

上田まつ　明治39年生。安藤公夫の叔母で当時21歳。月ヶ瀬在住。

小森ふさえ　明治45年生。世古楼の娘で当時16歳。世古の滝在住。

【復刊にあたって新たに収録】

湯川屋
昭和9年9月（所蔵：丸川／鈴木家）

梶井が使用していた机（所蔵：湯川屋）

世古峡の風景（所蔵：湯川屋）

古い絵葉書にうつる世古峡

昭和初期の世古峡（所蔵：湯川屋）

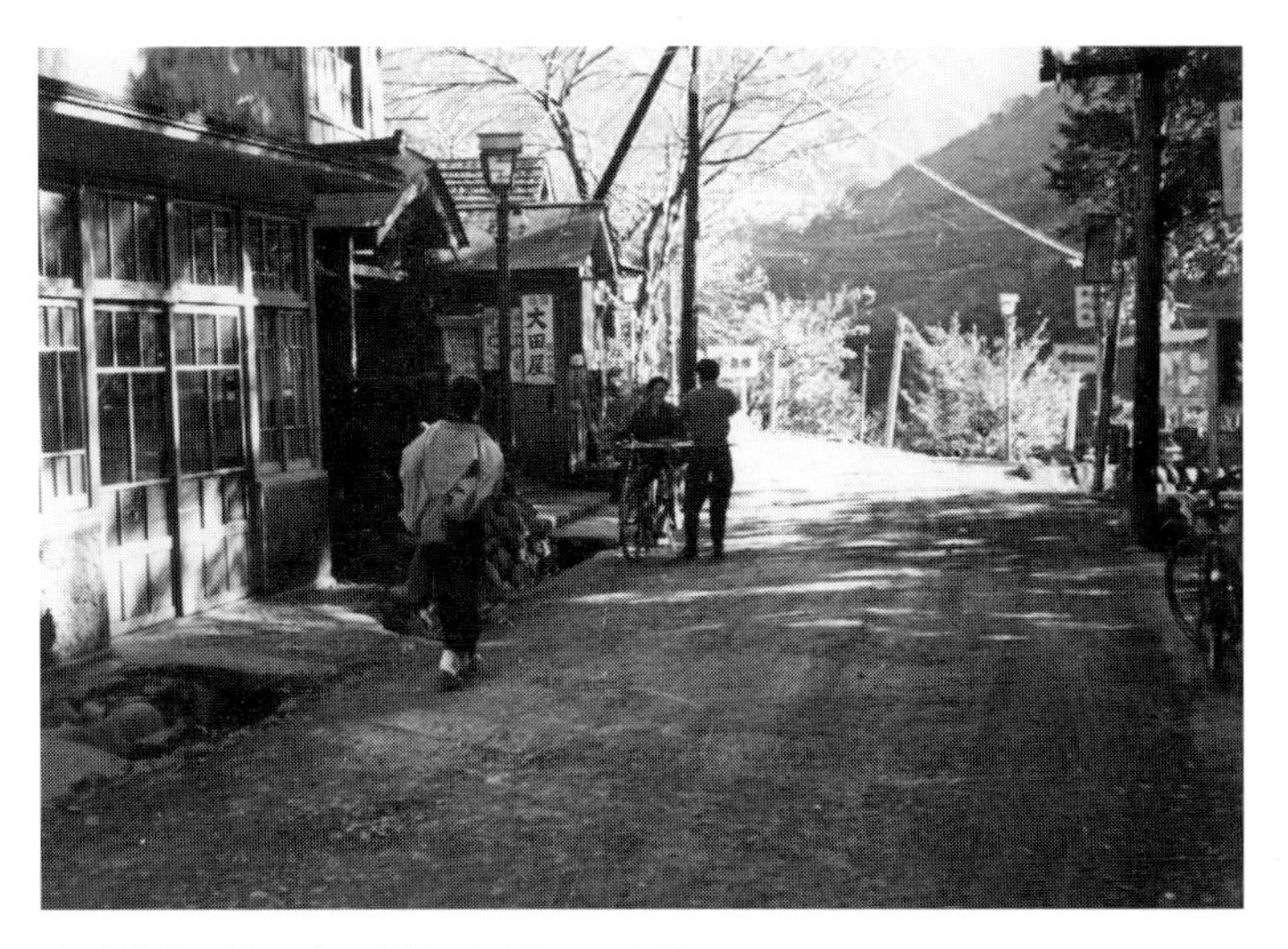

大正時代の湯ヶ島の通り（所蔵：天城屋）
カーブの先に温泉へ下っていく道がある。

湯本館の裏　昭和９年８月～９月（所蔵：丸川／鈴木家）
梶井は川端へ会うため、湯本館へ通った。

梶井基次郎文学碑　昭和46年11月に除幕された。副碑は川端康成の書。

文学碑のそばにある檸檬塚　今もファンが檸檬を置いてゆく。

梶井基次郎文学碑

川端康成書

山の便りお知らせいたします
梅は八重がまだ咲き残つてゐます
つゝぢが火がついたやうに咲いて来ました
石楠木は浄蓮の瀧の方で満開の一株を見まし
たが大抵はまだ蕾の紅もさしてゐない位です
げんげん畑は掘りかへされて苗代田になりました
もう燕が来てその上を飛んでゐます

伊豆湯ヶ島世古瀧
湯川屋内
梶井基次郎

上　文学碑の碑文は昭和2年4月30日付川端康成宛の書簡の一節である。

左　除幕式の後、発行された記念誌「梶井基次郎文学碑」昭和47年1月20日発行。非売品。寄稿・中谷孝雄、北川冬彦、浅野晃、野村吉之助、清水芳夫、松村一雄、土井逸雄、平林英子、梶井謙一ら。

【増補改版にあたって新たに収録】

以降の資料は、本書第VI章（増補版にて新たに収録）で取り扱う、梶井基次郎文学碑建立の際に発行された記念誌「梶井基次郎文学碑」に収録されたものである。

山の便りお知らせいたします
桜は八重がまだ咲き残つてゐます
つゝぢが火がついたやうに咲いて来ました
石楠木（しやくなげ）は浄簾（じようれん）の滝の方で満開の一株を見まし
たが大低はまだ蕾の紅もさしてゐない位です
げんげん畑は堀りかへされて苗代田（なわしろだ）になりました
もう燕が来てその上を飛んでゐます

伊豆湯ヶ島世古ノ滝
湯川屋内

梶井基次郎

副碑　川端康成氏書

昭和６年１月　稲野村にて

碑陰銘　正碑裏面

若くして長逝した梶井の文学記念碑が彼に縁故の深いこの地に建立されるに到ったことはわれらの深く喜びとするところである

なお碑面の文字は昭和二年四月三十日附川端康成氏宛の彼の書簡の一節を拡大して刻したものである

昭和四十六年十一月

中谷孝雄

除幕式当日、全集の傍らにおかれたのは
梶井が生前使っていたズックの鞄と雑誌「青空」

挨拶する中谷孝雄氏

玉串を捧げる北川冬彦氏

石原八束氏　　　　　　　　　　　挨拶する浅野晃氏
梶井　勇氏　　　梶井謙一氏
中谷孝雄氏　　　北川冬彦氏

挨拶する
野村（旧姓忽那）吉之助氏

除幕式を終えて、山で握り飯の昼食

参列する「青空」同人と、
「青空」にゆかりの人々

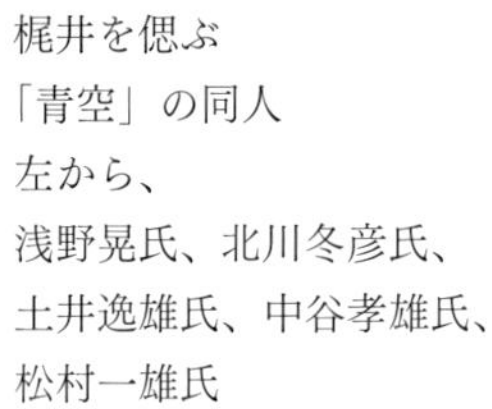

梶井を偲ぶ
「青空」の同人
左から、
浅野晃氏、北川冬彦氏、
土井逸雄氏、中谷孝雄氏、
松村一雄氏

弟基次郎を語る
梶井謙一氏

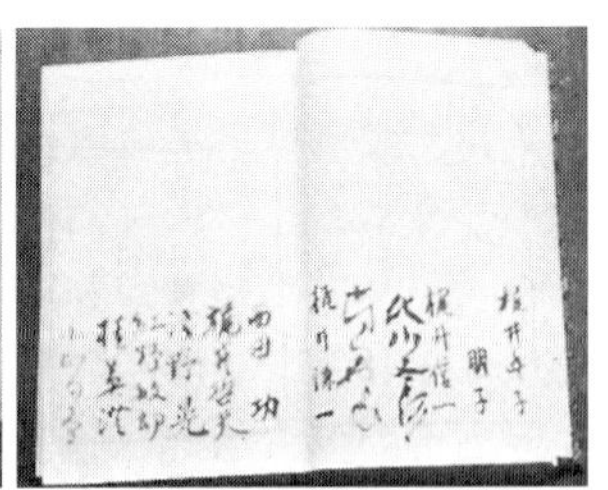

参会者名簿の一頁

建碑の喜びを語る
湯川屋主人安藤公夫氏

思い出を語る清水芳夫氏、
右、野村吉之助氏

拝啓

秋も漸くたけなわとなりましたが、皆様いよいよご健勝の御事と拝察致します。

さてこのたび梶井基次郎君の文学記念碑が同君にゆかりの深い伊豆湯ヶ島温泉に建立され、来る十一月三日午前十時から除幕式が挙行されることになりましたので、是非とも皆様のご参列を仰ぎたくお願いする次第であります。尚、その前夜五時から梶井君を偲び往時を語る会を湯川屋旅館にて催す予定につき、その方へも是非ご出席たまわりたく、謹んでご招待申し上げます。

敬具

昭和四十六年十月二十日

猫越川から湯川屋を臨む

猫越川清流

復刊の謝辞

安藤隆夫

この度、亡父・安藤公夫のまとめた『梶井基次郎と湯ヶ島』が装いを新たに甦ることになりました。昭和五十三年に初版が上梓されると、梶井文学の愛好者に評判を呼んで、たちまち売り切れました。その後、再版を望む声がたくさん寄せられて、昭和五十八年には軽装版として再版になり、更に平成三年には三版の刊行をみることができました。しかし、その頃にはすでに父は病気勝ちでした。隠居所を兼ねて梶井基次郎の小文学館として建てた〝ひととき亭〟に、梶井の文学碑を守る暮らしを始めていました。そして、平成八年三月に亡くなりました。

父は家業の湯川屋を継いで以来、少年時代に知った梶井さんに深い縁を感じ、これを語り継ぐことに責任として引き受けていたように思います。本書だけでなく、梶井文学碑の建立や檸檬忌の開催も、その思いの現われでした。その本書も、気付いてみると三版以来二十年以上、世に埋もれたような状態になっていました。新しく梶井文学の愛読者になった方達には、欲しくても入手できない稀覯書になって久しいと聞いています。

これを知った井上靖文学館館長の松本亮三さん、親友の船原館主の鈴木基文さんが、本書を惜しんで熱心に復刊を勧めて下さいました。それも少しでも新味を出そうと工夫され、亡弟の友人の勝呂奏さんも応援してくれることになりました。梶井を思い続けた父の著書が、こうして復刊されることは、思い掛けない喜びです。父の妻、私の老いた母・いとと共に心からお礼申し上げる次第です。ただ、この有り難い立案者である松本さんが、昨年九月に急逝されました。復刊の暁に、悦びを分かち合いたいと思っていた、大切な恩人を失ったことは残念でなりません。心よりご冥福をお祈り致します。

また、『梶井基次郎と湯ヶ島』の復刊を機に、長く途絶えている檸檬忌を湯ヶ島に復活させようと、これも故人となった松本さんや鈴木さんが中心になって計画してくれていると聞いています。いつもその会場になった湯川屋は、平成十六年末に事情あって廃業の止むなきに至りました。しかし、たとえ会場を変えても、湯ヶ島で梶井文学が語り継がれて行くことは、父が心から望んでいた遺志です。梶井文学の愛好者が交歓する様は、想像するだけでも嬉しくなります。
湯ヶ島の春浅い弥生三月には、八日に父の命日、二十四日に梶井さんの命日が巡ってきます。今年は墓前に報告することが多くなりそうです。

平成二十八年二月吉日

（安藤公夫・長男）

梶井基次郎と湯ヶ島

序文

中谷孝雄

周知のように梶井基次郎は、昭和元年の年末から同三年の五月上旬まで、病気療養のために伊豆湯ヶ島温泉に滞在していた。その間、梶井は「冬の日」、「蒼穹」、「冬の蠅」その他いくつかの注目すべき作品を発表しているが、当時の彼がどのような日常を送っていたかは、彼の書簡を通じて僅かに窺い知ることができる程度で、必ずしもよくは知られていない。それを遺憾として安藤公夫氏と小山榮雅君と石川弘君とが共同して編集したのが本書である。

安藤氏は当時梶井が宿泊滞在していた湯川屋の現主人であるが、当時はまだ幼い小学生であった。しかしその公夫少年に梶井がどんなに深い印象を残しているかは、本書に収録された公夫氏の追憶記を読めば明らかであろう。小山榮雅君は梶井文学の篤実な研究家であるが、彼は当時の梶井に親しく接したことのある婦人達を捜し集めて座談会を主催したり、また別に当時の梶井と親交殊に深かった作家の宇野千代さんを質問責めにして、彼女の梶井に対する交情のいかなるものであったかをつきとめることにも成功した。

かくて湯ヶ島時代の梶井のことで今まで不明であったことがいろいろ本書によって明らかになったが、そのことは今後の梶井研究家に資するところ決して少くはないだろう。なお本書には、梶井が湯ヶ島の生活に取材した作品が収録されているが、それらの作品には石川弘君が解説を加えている。石川君の梶井研究にも小山君に劣らず深くして久しいものがあり、この両君のどちらにも梶井に関する秀れた著書のあることは読者の既によく知るところであろう。

需められるままに序文のごときものを書いたが、願うところは出来るだけ多くの人に本書を読んでもらい、より広くより深く梶井を知ってほしいということである。

昭和五十三年早春

目　次

湯ヶ島の梶井さん

安藤公夫

一　思い出すこと

梶井さんは昭和元年（一九二六）十二月三十一日、湯ヶ島へ来た。梶井さんにとっては、初めての湯ヶ島であった。

最初、当地の落合楼へ一泊し、引続き滞在しようとしたが断られて、その頃湯本館に逗留中の川端康成さんを尋ね、他の旅館を探してもらうことを頼んだところ、居合わせた板前の大川久一さんが、湯川屋がよかろうということで、翌日の昭和二年（一九二七）元日から湯川屋へ来ることになり、それから一年半の湯ヶ島での生活がはじまった。

当時私は、小学校の四年生であった。梶井さんの顔、絣の着物姿などよく覚えているが、梶井さんが起きる頃は、学校へ行っているし、子供なんかお客さんの室へ行くことは殆んどなかったので、湯川屋での生活そのものについては、断片的な記憶しかない。

例えば――、

日曜日の朝というより昼近く、三階の室から降りて来て帳場の障子をあけ、「おばさん起きましたよ。」と、恥しそうに母に告げていたこと。

前の晩、明日学校へ行くとき投函してくれと、分厚い手紙を二三通渡されたこと。

時たま、「公ちゃん、おいで。」と言って、室に連れられて行き、コップへ蜜柑をしぼって砂糖を入れそれにお湯を注いだ、今でいうホットジュースをご馳走してくれたこと。

黄八丈の着物を着た、子供心にも美しい人だと思った宇野千代さん達と、散歩をしていた姿。

近所の子供らを、わざわざ夜になってから室へ連れて行き、怪談話をして、私達がこわがるのを面白そうに見ていたこと。

或る朝早く、川の方から異様な声がするので、両親と戸をあけてみたら、川の中の大きな石の上でおたがいに素裸の三好達治さんと抱き合って、大声で泣きわめいていたこと。

これらのことは、いまもはっきりと想い出すことができる。梶井さんが湯ヶ島での長い生活を終え、ここを去っていったときのことは、残念ながら覚えていないが、帰られてから間もなく、お母さんから宿賃の残金の送金があったと両親が話していたことは、覚えている。

二　梶井基次郎文学碑建立

梶井さんが亡くなられて長い年月が経って、筑摩書房から『梶井基次郎全集』が出版されたことを淀野隆三先生から知らされ、早速買って夢中で読んだ。自分ではすでに忘れかけていた当時の湯ヶ島の風景や、住んでいた人達のことが、驚くべき克明さで書かれていることに先ず一驚し、「湯川屋」の屋号が活字になっていることにも嬉しさと誇りを感じた。一介の宿屋の亭主の私に、文学の価値、深さなどわかるはずもないが、読んでいるうちに、文学の持つ尊さのようなものを犇々と感じ、胸の搏たれる思いがした。

日が経つにつれ、私はどうしても湯ヶ島に〝梶井基次郎文学碑〟を建てなくてはいけないと思うようになった。そう決めてから数年が経ち、淀野隆三、三好達治、中谷孝雄の、いずれも梶井さんと最も親しかった先生に湯ヶ島までお越しいただいて、やっと自分の気持と希望を申し上げ、お力添えをお願いした。しかし、不幸にも、三好、淀野の両先生があいついで亡くなられ、計画は中頓挫した。

それから更に十年の歳月が過ぎた。あれはちょうど、昭和四十六年(一九七一)の春頃だったか。皆美社の石川弘、関口弥重吉の両氏が、私の気持を察し、積極的に力を貸して下され、待望の文学碑建立はとんとん拍子に実現に近づいた。私は嬉しかった。碑文の選定、副碑の文字は、中谷先生を煩わせ川端康成先生にお願いし、製作は関口氏の知友大阪教育大学美術科教授の西瀬英行先生が担当して、碑は遂に完成したのである。

昭和四十六年(一九七一)十一月三日、梶井基次郎の兄梶井謙一氏をはじめ多くの参列者を得て、除幕式が行われた。その折の様子は、記念に発行されたパンフレット『梶井基次郎文学碑』に詳しい。当日、川端先生は文化勲章の受章式のため皇居へ参内し、残念ながら御出席いただけなかった。その日は文字通りの秋晴れで、碑の裏の柿の木に、熟柿が鈴なりであった。梶井さんの手紙の中にも、「葉の少なくなつた柿の木に鈴なりの柿のなつてゐるのは実に美しい。遠いのを花だと想像する。すると尚美しくなる。木蓮に似たその花の架空の匂ひまでが感ぜられるようだ。」(一九二七年十一月十一日付淀野隆三宛)という文章がある。私はそれを思い出していた。鈴なりの熟柿を仰ぎ見ながら、心のなかで私は、多くの人たちに何度も感謝した。

こうして文学碑は建った。しかし、それだけでは私の責務はまだ終ってはいない。当時の梶井さんの姿、湯ヶ島の風物を、できるだけ克明に再現し、私の記憶の及ぶ範囲でそれらを書き止めておくことが、いまこそ必要であると、痛感した。私はいまここに、梶井さんの作品と書簡を通して、そこに出てくる風物について私の知っている限りを正確に記し、梶井文学を愛してやまない人々への、ささやかな贈り物としたいのである。

三　解説

『蒼穹』

「ある晩春の午後、私は村の街道に沿つた土堤の上で日を浴びてゐた。空にはながらく動かないでゐる巨きな雲があつた。その雲はその地球に面した側に藤紫色をした陰翳を持つてゐた……。私の坐つてゐるところはこの村でも一番広いとされてゐる平地の縁(へり)に当たつてゐた。」

この場所は現在白壁荘が建っている裏の田圃の土堤で、当時は梶井さんの坐っていた場所の前には建物は全くなく、一面の水田と、わずかばかりの畑があった。

「私は眼を溪の方の眺めへ移した。私の眼の下ではこの半島の中心の山彙からわけ出て来た二つの溪が落合つてゐた。」

一つの川は浄蓮の滝から流れて来る本谷川で、もう一つは湯川屋の下を流れる猫越川。二つはちょうど落合楼の下で合流して、狩野川となる。落合楼の名はこの二つが合流（落合う）しているところから名付けられたものである。

「雲はその平地の向ふの果である雑木山の上に横たはつてゐた。雑木山では絶えず杜鵑が鳴いてゐた。その麓に水車が光つてゐるばかりで、眼に見えて動くものはなく、うらうらと晩春の日が照り渡つてゐる野山には静かな懶さばかりが感じられた。」

当時の子供達は遊びの行動半径が大きく、私の家から一キロ余りもあるこの辺までよき遊び場だったので、この水車はよくおぼえている。まわりの農家十軒ばかりの製米所であった。

『筧の話』

「私は散歩に出るのに二つの路を持つてゐた。一つは溪に沿つた街道で、もう一つは街道の傍から溪に懸つた吊橋を渡つて入つてゆく山径だつた。街道は展望を持つてゐたがそんな道の性質として気が散り易かつた。それに比べて山径の方は陰気ではあつたが心を静かにした。どちらへ出るかはその日その日の気持が決めた。

しかし、いま私の話は静かな山径の方をえらばなければならない。」

溪に沿った街道は、自動車も通り、人家もあり、空も広い。この道は『闇の絵巻』に書かれてある道で、『闇の絵巻』ではその道を川端康成のいた湯本館から逆に辿って湯川屋へ帰って来るまでの夜道の情景が書かれてある。

もう一つの路というのは、今の世古橋の下流三十米位のところに懸っていた巾二米位の九郎橋という吊橋を渡った先の道であり、吊橋を渡るとすぐ杉林となり、下田街道へ出る約一キロばかりの暗い山径であった。その間に一つの亭（この辺の土地所有者の三井の重役波多野氏が建てたもの）と、本谷川の川岸に林川（りんせん）という飲み屋があった。ほかには何もなかった。道巾もせいぜい二メートル足らずの湿った路であった。今は、杉林もすべて切り払われ、道に沿って旅館等が建ち並んでいるが、当時は、学校の帰りなど連れのない時は、一人で歩くのがこわく、二倍も距離のある別の道を遠まわりして帰ってくる程陰気で淋しい道であった。

「この径を知つてから間もなくの頃、ある期待のために心を緊張させながら、私はこの静けさのなかを殊に屢々歩いた。私が目ざしてゆくのは杉林の間からいつも氷室から来るやうな冷気が径へ通つてゐるところだつた。一本の古びた筧がその奥の小暗いなかからおりて来てゐた。耳を澄まして聴くと、幽かなせせらぎの音がそのなかにきこえた。私の期待はその水音だつた。」

いまの流溪橋の下の小さな沢のことを書いている。昔の道でも一番陰気で淋しい場所であった。筧は、前述の亭で波多野氏が茶をたてるため作ったものと思われる。

『冬の蠅』
「冬が来て私は日光浴をやりはじめた。溪間の温泉宿なので日が翳り易い。溪の風景は朝遅くまでは日影のなかに澄んでゐる。やつと十時頃溪向ふの山に堰きとめられてゐた日光が閃々と私の窓を射はじめる。窓を開けて仰ぐと、溪の空は虹や蜂の光点が忙しく飛び交つてゐる。」

梶井さんの室は三階の五号という室で、窓は南側にあり、六帖間で、西側が床の間、隣室とは襖でしきられ、入口側は三尺の廊下で次の間もなく、いきなり障子であった。廊下の外は竹籔で、大きな欅や椿、万両の株などがあった。窓の外は玄関と共同湯へ行く石段の道で、道と室の間は小さな庭で、石楠花や梅が植えてあり、窓から庭の地面すれすれまでトタン板の庇が出ていた。梶井さんは「窓からの外出」と称し、室への出入は主にこの庇を利用したらしく、又訪問者の利用も多く、波形のトタンが平板になってしまっていた。

「渓側にはまた樫や椎の常緑樹に交つて一本の洛葉樹が裸の枝に朱色の実を垂れて立つてゐた。その色は昼間は白く粉を吹いたやうに疲れてゐる。それが夕方になると眼が吸ひつくばかりの鮮やかさに冴える。」

この落葉樹を、私達はモクロンジュとよんでいた。実の皮は水につけて手でこすると石鹼のような泡が出た。中に黒い固い実があって、羽子つきの羽子の玉にするときいていた。当時は、川岸に樹齢二百年位の種々の樹が、うっ蒼としていたが、昭和三十三年（一九五八）の狩野川台風でことごとく流失してしまった。

「その日はよく晴れて温かい日であつた。午後私は村の郵便局へ手紙を出しに行つた。私は疲れてゐた。それから渓へ下りてまだ三四丁も歩かなければならない私の宿へ帰るのがいかにも億劫であつた。そこへ一台の乗合自動車が通りかかつた。それを見ると私は不意に手を挙げた。そしてそれに乗り込んでしまつたのである。」

村の郵便局は宿（しゅく）にあり、今の場所より少し南側にあって、当時の局舎は現在生協の売店になっている。局長の家は、村人から本家と呼ばれ、庄屋であった。局を開設した人は大変な学者で、その書は近郷近在に並ぶ者なしといわれた書家でもあった。二代目は、村長もやり、信望篤い人格者であったが、四十代で癌で亡くなった。その葬儀は村葬で、私は級長として列席したが、助役さんが泣いて弔辞を読めなかったことを覚えている。局長の家は、大工だった私の祖父が棟領として建てた豪荘な家だったが、今はない。

「それから溪に下りて三四丁も歩かなければ……」の道は、『筧の話』に出てくる道のことで、不意に手を挙げて乗込んだ自動車は、下田行の乗合自動車であった。その頃は、下田〜修善寺間を運行する下田自動車と、湯ヶ島〜修善寺間を運行する北豆(ほくず)自動車の二社があり、共に幌型黒塗りの、運転手を含めて八人乗の車であった。朝昼夕と三回の運行で、下田行の車は、もの凄く高いクラクションの音を山から谷に響かせ、何故か颯爽と見え、子供達の人気はこの方にあった。山で仕事をする人達は、この音をきいて弁当にしたり、仕事をおしまいにした、ときいている。

「彼等が今から上り三里下り三里の峠を踰えて半島の南端の港へ十一里の道をゆく自動車であることが一目で知れるのであつた。」

湯ヶ島から天城峠まで上り三里、天城峠から湯ヶ野まで下り三里、半島南端の港は下田で、湯ヶ島から十一里の距離である。峠のトンネルは今の場所より高い所にあり、長さ一キロで、田方郡と賀茂郡の郡境である。伊豆の踊り子もこのトンネルを越えて下田へ行った。

「日はもう傾いてゐた。私には何の感想もなかつた。ただ私の疲労をまぎらしてゆく快い自動車の動揺ばかりがあつた。村の人が背負ひ網を負つて山から帰つて来る頃で、見知つた顔が何度も自動車を除けた。」

山から帰って来る村の人は、御料林(ごりょう)だった天城の山で働く人や、山葵田(わさびだ)へ行っていた人達で、見知った人とは夜の「共同湯」で出逢った人たちであろう。背負い網は菅の手製の網で、「ショイヅカリ」といい、リュックサックの出来た今は作れる人もなくなった。

「最後にたうとう谿が姿をあらはした。杉の秀が細胞のやうに密生してゐる遙かな谿！何といふそれは巨大な谿だつたらう。遠靄のなかには音もきこえない水も動かない滝が小さく小さく懸つてゐた。」

トンネルを出て大きな木が生い繁げるまがりくねった道を約二キロばかり行くといまでも谿が見えてくる。書かれてある瀧は河津七滝の一番峠に近い初景滝である。天城を越えた河津では昔から滝を滝といっている。

「此處でこのまま日の暮れるまで坐つてゐるといふことは、何といふ豪奢な心細さだらう」と私は思つた。

「宿では夕飯の用意が何も知らずに待つてゐる。そして俺は今夜はどうなるかわからない」

手紙を出しに出たまま夜になっても帰らない梶井さんを心配して、家ではあちこちに手配をして探したことと思うが、両親が亡くなった今、その間の事情は皆目わからない。

『闇の絵巻』

「私はながい間ある山間の療養地に暮してゐた。私は其處で闇を愛することを覚えた。

晝間は金毛の兎が遊んでゐるやうに見える谿向ふの枯萱山が、夜になると黒ぐろとした畏怖に変つた。」

金毛の兎が遊んでいるように見える山は、梶井さんの室の窓から真正面に見える山で、当時は田畑の堆肥にするための草刈山であった。今は植林して杉林になっている。

「私は好んで闇のなかへ出かけた。溪ぎはの大きな椎の木の下に立つて遠い街道の孤独な電燈を眺めた。」

この椎の木は、今も世古館の上にある。遠い街道の孤独な電燈は、下田街道の街灯であった。

「またあるところでは溪の闇へ向つて一心に石を投げた。闇のなかには一本の柚の木があつたのである。石が葉を分けて戞々と崖へ当つた。ひとしきりすると闇のなかからは芳烈な柚の匂ひが立騰つて来た。」

この柚の木は、新宿（あらじゅく）という部落の竹藪の中にあったが、十年程前に枯れて切られてしまった。

「私はその療養地の一本の闇の街道を今も新しい印象で思ひ出す。それは溪の下流にあつた一軒の旅館から上流の私の旅館まで帰つて来る道であつた。溪に沿つて道は少し上りになつてゐる。三四町もあつたであらうか。その間には極く稀にしか電燈がついてゐなかつた。今でもその数が数へられるやうに思ふ位だ。」

この道は、川端さんのいた湯本館から湯川屋へ来る道のことで、梶井さんはこの道を昼となく夜となく何度も往復したことだろう。

「しばらく行くと橋がある。その上に立つて溪の上流の方を眺めると、黒ぐろとした山が空の正面に立塞がつてゐた。その中腹に一箇の電燈がついてゐて、その光がなんとなしに恐怖を呼び起した。」

この橋は西平橋で、当時は木橋で、今の場所より少し上流に懸っていた。橋のたもとに私の叔母の家があり、川端さんの奥さん宛の手紙に「湯本館のおたねさんは」と書かれているおたねさんは、この家の養女だった。

「その中腹に一箇の電燈がついてゐて」の電燈は、この橋を渡ったところから右へ登る細い道があり、村人は湯道と呼んでいた、宿の人達が西平(にしびら)の共同湯へ来る道で、丁度中程の一番暗く危険な場所にあった。

「下流の方を眺めると、渓が瀬をなして轟々と激してゐた。瀬の色は闇のなかでも白い。それはまた尻つ尾のやうに細くなつて下流の闇のなかへ消えてゆくのである。渓の岸には杉林のなかに炭焼小屋があつて、白い煙が切り立つた山の闇を匍ひ登つてゐた。」

当時の川岸は水辺まで杉林で、川に沿って細い道があり、梶井さん達のよき散歩道でもあった。炭焼小屋は今の橋の真下にあったが、狩野川台風で橋も杉林も一挙に流れてしまい、今は川からいきなり切り立った崖になっている。

「行手は如何ともすることの出来ない闇である。その闇へ達するまでの距離は百米餘りもあらうか。その途中にたつた一軒だけ人家があつて、楓のやうな木が幻燈のやうに光を浴びてゐる。」

この一軒だけの家は、淀野隆三さん宛の手紙(一九二七年二月一日付)に出ている「小森館」という旅館で、今の「湯ヶ島館」の場所にあった。

「その家の前を過ぎると、道は溪に沿つた杉林にさしかかる。右手は切り立った崖である。それが闇のなかである。なんといふ暗い道だらう。そこは月夜でも暗い。歩くにしたがつて暗さが増してゆく。不安が高まつて来る。それがある極点にまで達しようとするとき、突如ごおつといふ音が足下から起る。それは杉林の切れ目だ。恰度真下に当る瀬の音がにはかにその切れ目から押寄せて来るのだ。」

舗装（昭和四十年頃）された今の道になるまで、ここの道は街灯もなく、当時と同じような暗さで、上を向いて杉の梢の中に見える僅かな空の明るさを頼りに、手探り同様に歩かなければならなかった。道が左に大きく曲ったところが杉林の切れ目で、真下は瀬が渕に落ちる直前の急流で、その瀬の前に淀野隆三宛の手紙（同右）にある「苔の湯」があった。

「心が捩ぢ切れさうになる。するとその途端、道の行く手にパツと一箇の電燈が見える。闇はそこで終つたのだ。もうそこからは私の部屋は近い。」

今の世古橋のたもとにある石像の観音様の前に、『筧の話』に出てくる「もう一つの路は」の道が、川に沿って下っていた。ここに出てくる電灯は、その道の入口にあった街灯である。

『交尾』

「それはある河鹿のよく鳴く日だつた。河鹿の鳴く声は街道までよく聞こえた。私は街道から杉林のなかを通つて何時もの瀬のそばへ下りて行つた。溪向ふの木立のなかでは瑠璃が美しく囀つてゐた。」

『筧の話』の「もう一つの路」の九郎橋を渡って右へ行くと「木立(きだち)の湯」へ行く道があった。その途中から川へ下りる細い石段道があり、下りきったところが川岸で、湯川屋の真向いになる。

「ニシビラへ行けばニシビラの瑠璃、セコノタキへ来ればセコノタキの瑠璃。」

ニシビラは「西平」で、川端さんのいた湯本館のある字(あざ)、セコノタキは「世古の滝」で、湯川屋のある字のことである。

『温泉』

「夜になるとその谷間は真黒な闇に呑まれてしまふ。闇の底をごうごうと溪が流れてゐる。私の毎夜下りてゆく浴場はその溪ぎわ（ママ）にあつた。浴場は石とセメントで築きあげた、地下牢のやうな感じの共同湯であつた。」

浴場とは、世古の滝の共同湯のことで、温泉の湧き出る岩の上に直接浴槽を造り、底は簀の子板であった。浴場の上が脱衣場で、入る人はそこで着物を脱ぎ裸で階段を下りて浴場へ来る形式で、当時としては贅沢な共同湯であった。旅館の客専用の客湯と、村人の入る共同湯と二つに分れ、男女混浴で、湯槽は一度に二十人位入れる広さであった。梶井さんの室の前の石段道を、遠くは一里も離れた部落から入りに来た。提灯をつけた人々がせまい石段道ですれちがう時「お晩です」と挨拶を交わし合っている声が、玄関の横の帳場兼居間で食事をしている私達の耳にまできこえてきた。この湯も狩野川台風のため、がらりとその様相が一変した。

「また男女といふ想像の由つて来るところもわかつてゐた。それは溪の上にだるま茶屋があつて、そこの女が客と夜更けて湯へやつて来ることがありうべきだつたのである。」

このだるま茶屋は、今の「世古館」の前身の「世古楼」という飲み屋で、常時三四人の女がいた。この家の他、当時湯ヶ島には湯本館の傍にあった「角屋」、『筧の話』に出てくる道の途中の「林川」、『籔熊亭』の「畑山」と四軒在った。梶井さんは「世古楼」ではよく飲んだらしく、淀野隆三宛の手紙にも「それから封入した五円は世古楼の払ひに借りたの、帰つて金を貰つて来たからお返ししておく」（一九二七年十月十九日付）と書いている。

「一番はしの家はよそから流れてきた浄瑠璃語りの家である。宵のうちはその障子に人影が写り「デデンデン」といふ三味線の撥音と下手な嗚咽の歌が聞こえて来る。」

この浄瑠璃語りは、芸名を竹本東福という、当時五十過ぎの女の人で、持病の神経痛を「世古の湯」でなおそうと、療養と稼ぎを兼ねて大阪から来ていた。十年以上も湯ヶ島に住みついて、旅館、菓子屋、玩具屋、自転車屋の主人や按摩さん達に稽古をつけていたが、晩年は、飲み屋「林川」に身を寄せていた。七十歳位の時、伝染病に罹り、修善寺の日赤病院で亡くなった。十人以上あった弟子のうち、今尚健在でいるのは、宿の菓子屋「木村屋」の主人、板垣助忠さん一人で、その人の話によると、伝染病を怖れて誰も寄りつかなかったのを、玩具屋の主人、板垣郷平さんと二人で最後まで面倒を見て、亡骸を、小雨の中、大八車に乗せて、一里以上もある、大仁の山の上の火葬場まで運んだそうである。私も父に連れられておさらい会を聞きに行ったことがあるが、何をうなっているのか全然わからないような人も二、三人あった。前述の玩具屋の主人、板垣郷平さんは、人情厚い人だったが、義太夫の方はその二、三人のうちの一人であった。お師匠さんは、お湯の帰りに家へ寄ってよく母と話し込んでいた。時々大阪から届く田舎では珍しい菓子を持って来てくれるので、私たち子供にとっては好きな部類の人であった。

「その隣りは木地屋である。脊の高いお人好の主人は猫脊で聾である。その猫脊は彼が永年盆や膳を削つて来た刳物台のせゐである。夜彼が細君と一緒に温泉へやつて来るときの恰好を見るがいい。長い頸を斜に突出し丸く背を曲げて胸を凹ましてゐる。」

この木地屋は実は隣りでなく新宿にあったのが本当で、この主人は名を内田源次郎、通称「源さん」と呼ばれ、一種の奇人で名人肌の人であった。細君に先立たれてからは、名人芸の本職をぷっつりと捨て、百姓専門になってしまった。

「しかし刳物台に坐つてゐるときの彼のなんとがつしりしてゐることよ。彼はまるで獲物を捕つた虎のやうに刳物台を抑へ込んでしまつてゐる。」

極度の近視のめがねをかけて、欅の盆を作っているこの人の仕事場へそっと近寄り、ゴツゴツした欅の輪切りの板が見る見る中に真丸い見事な盆になってゆくのを、友達と時間も忘れて見ていたことを想い出す。彼の晩年、梶井全集のこの部分を見せたら、人を馬鹿にしていると、私自身がひどく怒られたことがある。

「彼等は家の間の一つを「商人宿」としてゐる。ここも按摩が住んでゐるのである。この「宗さん」といふ按摩は浄瑠璃屋の常連の一人で、尺八も吹く。木地屋から聞えて来る尺八は宗さんのひまでゐる証拠である。」

宗さんは腕のいい鍛冶屋だった。彼の打った鎌はよく切れると評判だったそうだが、中年の頃熱い鉄片が飛んで両眼をつぶし、按摩になった。いい人で、三四軒の旅館を交替で廻り、客があれば仕事をし、なければ客並の膳で酒を二三本飲んで、何時でも持って歩く尺八を二三曲吹いて『闇の絵巻』の道を帰って行った。浄瑠璃は上手の方で、語っている様子は淀野隆三宛の手紙（一九二七年十一月十一日付）にくわしく書かれてある。晩年は中風になり、商人宿の暗い室で、一人淋しく死んでいった。

「家の入口には二軒の百姓家が向ひ合つて立つてゐる。家の前庭はひろく砥石のやうに美しい。ダリヤや薔薇が縁を飾つてゐて、舞台のやうに街道から築きあげられてゐる。田舎には珍らしいダリヤや薔薇だと思つて眺めてゐる人は、そこへこの家の娘が顔を出せばもう一度驚くにちがひない。グレートヘンである。評判の美人である。」

この家は実際は木地屋から数軒離れているのが本当で、今も当時そのままの茅葺で現存している。親父さんは国太郎といい、この辺切っての頑固で几帳面な人で、庭に続いた畑の作りものや家のまわりに咲かせる花は、実に見事なものであった。梶井さんに砥石のように美しいと書かせた庭は、何時でも箒目がはっきり見える位だった。家名を「上り（のぼ）」といった。この家の評判の美人は「よっちゃん」という人で、目鼻だちのはっきりした、少し色黒の今でいうグラマーで、子供の私にも美人に見えた。美しさを買われ修善寺のいい家へ嫁いだが、昨年亡くなったそうである。

「しかし向ひの百姓家はそれにひきかへなんとなしに陰気臭い。それは東京へ出て苦学してゐたその家の二男が最近骨になつて帰つて来たからである。」

この家の親父さんは「倉さん」という人で、馬力ひきで、評判の力持ちの大食漢であった。家のなかには住居と並んだ馬小屋から、いつも馬の匂いが漂って来ていた。骨になって帰って来た二男は「作次」といい、頭のいい人であった。

「こんな奇麗な前庭を持つてゐる、そのうえ堂々(ママ)とした筧の水溜さへある立派な家の悴が、何故また新聞の配達夫といふやうなひどい労働へはいつて行つたのだらう。」

堂々とした筧の水溜りとは、この家の裏山から引水した水を大きなタンクへ溜め、近所十軒位に分ける共同水場のことである。そのため家名を今もって「水舟(みずぶね)」と呼んでいる。作次さんは頭が良かっただけに東京へ出たものと思われる。苦学してでも東京で成功をしたいというのが作次さんの希望だったのかも知れない。

「馬にさへ「馬の温泉」といふものがある。田植で泥塗れになつた動物がピカピカに光つて街道を帰つてゆく。」

湯本館の傍の共同湯の横に、人の入る余り湯を利用して、馬の膝くらいの深さの「馬の温泉」があった。当時は農家では殆んど馬を飼っていた。修善寺方面から貨物を運ぶにも、天城の材木を修善寺方面へ出すにも、馬力車が必要だった。それだけに馬の数も多かったのである。馬は温泉好きなのか眼を細めておとなしく入っていた。

『籔熊亭』

「私達はそこを籔熊亭と云つてゐたが、村の人は畑山と呼んでゐた。畑山といふのは多分その家の苗字だつたんだらうが、村の人はそれを同じ飲屋の角屋とか世古楼とかさう云つた屋号と同じに呼んでゐたのである。そこは村のなかでもなかなかいい位置にあつた。天城へかかる街道が、村の主要部分である　小学校や役場や郵便局や銀行のある人家の家並を過ぎて、パツと眼界が展けたところへ出る。そこは恰度天城の奥から発して来た二つの溪川が眼の下で落合ふ所であつたが、その打ち展けた眺めを眺めながらしばらく行くと次に来るのが籔熊亭なのであつた。籔熊亭はそんな街道の道端にあつて勾配のついた地勢へ張り出してある屋台のやうな家であつたが、店先がとてもごたごたしてゐるにも拘はらず、店先からぢかに見えてゐる座敷の窓からの眺めがいいのでよく、何時も私の心に残つてゐた。」

小学校や役場や郵便局のある宿の部落を過ぎると、大滝の部落になる。その入口に、この家は昔のままの形で今も残っている。「籔熊亭」とは主人が籔熊を飼っていたので梶井さん達が勝手につけた名で、本当は「梅月楼」という飲み屋兼商人宿であった。

「籔熊亭の主人は自分の家の店先をうろうろするのにも何時も鳥打帽を冠つてゐる。その鳥打帽はまた非常に古風なもので、彼の絆纏（ママ）着、それからやはり同じやうに古い眼鏡などとよく調和して……（缺）」

この主人は畠山国太郎といい、本職は経師屋だった。いわゆる器用貧乏の質で、色色のことをやった。なかでも湯ヶ島で最初に写真屋をやったことは自慢の一つだった。家へも出入りしていたらしく、私の兄が五歳でジフテリヤで死んだ時は、馬を飛ばして三島まで血清を求めに行ってくれたが、ようやくにして家へ着いた時は既に死んだ後で、彼は兄を抱いて大声で泣きながら謝ったという話を、両親から聞かされている。

書簡

『梶井基次郎全集』第三巻に納められている書簡の中、湯川屋から出した手紙は、昭和二年（一九二七）一月一日付、飯島正宛を第一号として、昭和三年（一九二八）五月日付不明、仲町貞子宛まで、八十通の手紙が残されている。それを読んで心当りのあるところ、感じたことなどを日付の順を追って書き止めて見たい。

先ず感ずることは、手紙のほとんどに、その日の体温と、痰の色とを示し、病状について過敏になっていることであり、更にまた、うまい茶やおいしい菓子をやたらと欲しがっていることである。子供のように羊かんやあめにあこがれている文章を読むと、山の温泉場に口に合った茶や菓子のなかったこともあろうが、東京や京都や大阪での生活をしきりと心に描きつつ山間の温泉場で一人寂しく孤独に耐え病気とたたかわなければならなかった梶井さんの、やり切れなくそして人恋しい心情が惻々として胸をうってくる。

それから友人への手紙の宛名が、名前だけを何々様、何々兄と書いてあるのも、宛てた人々に対して梶井さんが如何に親しみと懐しさをこめて書いているかが察せられて心痛む思いがする。また例外として、川端先生御夫妻その他二三の方には、きちんと氏名を書いてあるのも、礼節正しい梶井さんの性格の一端がうかがえるようで気持がよい。さて、手紙について順次解説を試みることにしよう。

「君の汽車の旅は如何でした　こちらへ来る道で土地の人にあまり暖かではないと云はれ土肥の方へ行かうと思ひましたが土肥へゆくのに都合のいい吉奈でとにかく一泊しようと思つて自動車にのりましたが途中でまた気が変つてこちらの落合楼といふのへ来ました（一月一日　外村茂宛）

若し土肥へ行ってしまったなら、湯ヶ島と梶井さんとのつながりはなく、あの名作も生まれたかどうか。途中で気が変って湯ヶ島へ来てくれたことに、私なりに深い縁を感じないわけにはいかない。

「この手紙が和歌山へ行くのは三日程もかかるでせう、運よくあなたが受取つて下さるやう祈ります、私はここには三週間程ゐる予定です」（一月二日　近藤直人宛）

三週間の予定が一年半にもなったことについては、環境や温泉が気に入ったのか、病状が都会での生活を許さなかったのか、或いはそれ以外の理由であったのか、私には測り知ることは出来ない。

「この土地は非常に素朴だ　あいまいな料理屋などもなく女中にそんなところもないみな正直そうな人だ　思ふに山間僻すうで資本主義の悪趣味が入つて来ない故と思ふも一つは村が割合裕かな故娘を工場へやつたり女郎に売つたりしない―だらうと思ふのだ―　せい（ママ）ではないかと思ふ　全く温泉場では珍らしい　山域の村人は素朴でいい　中谷たらずとも都会常識面をしたリユーマチの蒼白な皮膚の客湯へ漬るより村の人々のゐる大湯槽へはいる方が気持がいい、女は男がゐてもちつとも躊躇しないかわり男も女もオルガンは精密にかくす　おやぢまで左うなのだからをかしい位だらう」（一月四日淀野隆三宛）

実はあいまいな料理屋も四軒ほどあったのだが、ここへ来たばかりでは、他所の温泉場のように旅館街があるわけでなし、湯治専門の、しかも谷間の一軒屋みたいな旅館に入ったのでは、そういう家があろうとは、到底想像も出来なかったことと思う。また当時の女中さんは、近在の農家の娘さんが行儀見習を主な目的として旅館で働いていたので、すれっからしの人は一人もいなかった。それにしても、この村へ来て一日か二日で、文面の通りだった村の状況をどうして知ることが出来たのか、梶井さんの並々ならぬ洞察力に感心させられる。当時の湯川屋には内湯がなく、村の共同湯を壁でしきって、小さい方を客湯、大きい方を村人の共同湯として、使っていた。両方共男女混浴だったので、おやじも男も女もオルガンを精密にかくす必要があった。この精密という意味は、単に前をかくすだけでなく、浴槽から洗い場へ出る時、またその逆の場面でのオルガンのかくし方を、つぶさに観察したたくみな表現となっていて、現場を知っている私には快いユーモアが感ぜられる。今思い出してみても、男女混浴が決していやらしいものでなく、極めて自然な入浴風景だった。夫婦で背中を流し合い、女房を連れて来ないよその亭主の背中まで平然と流してやり、お互に仕事のことや世間話に花を咲かせて、長い時間をかけての入浴の時が、当時の人々にとっては何よりも楽しい憩いの時間だったのである。

「君も三好や外村を誘ひ帰京のとき寄らないか　朝三島で下りる工夫をして　そこから修善寺迄電車三十分程、修善寺から自動車で半時間　これ一円」(同右)

三島で下りる工夫とは、三島には急行が停まらないので、沼津で下りて三島まで来る工夫という意味である。「これ一円」のバス代は、今は三百八十円。同じ昭和でも五十年の歳月の長さを痛感する。

「小山田は湯殿のタイルのスベスベした上を尻で滑ることを発明して自分の尻も僕の尻もヒリヒリさす位流行らせたがそれをマダムにもすすめてゐた、なかなか愉快な夫婦だよ」(二月一日　飯島正宛)

共同湯の大きい方は、洗い場がコンクリートだったが、客湯の方は白いタイル張りだった。いくらタイルでも、張り合せの溝があるので、滑れば尻がヒリヒリするのは当然であろう。多分人の少ない昼間、三人で楽しんだのだろう。

「君が来るので小森館を人に聞いて見たが湯が此頃はぬるいそうだ、部屋暗く宿屋らしい感じはしないそうだ　が　あの通り深い茅葺だらう　暗いのはそのためで僕などは茅葺の特長と思つて却てそれを愛する気持はあるが　日当りあしきこと湯のぬるいことは致命的だ　やはり落合楼がいいだらう」（二月一日　淀野隆三宛）

この「小森館」は、この辺の土地所有者波多野氏（三井重役）が、別荘に建てた田舎風の建物で、まわりを大きな樹でかこまれていたので、家の中は暗かった。この建物のことは、『闇の絵巻』にも出てくる。戦時中失火で全焼してしまった。

「一昨日溪の脇に野天の風呂を見付けて一時間足らずもひとりそこで裸で遊んでゐたすつかり青苔でずる〳〵だ　湯の口に甲虫などの死骸がある、名はないから心で　苔の湯と命名　君が来たら一度行かう　村の人には全く省みられない湯だ」（同右）

この湯も狩野川台風で流失してしまったが、当時私達子供等が川遊びする時、冷えた体を温めるための一つの基地であった。『闇の絵巻』に「恰度真下に当る瀬の音がにはかにその切れ目から押寄せて来るのだ。その音は凄まじい。気持にはある混乱が起つて来る。大工とか左官とかさういつた連中が溪のなかで不可思議な酒盛をしてゐて、その高笑ひがワツハツハ、ワツハツハときこえて来るやうな気のすることがある。」と書いてある場所が、この湯の真上に当る。

「僕のゐる宿は内湯ではなく村有の湯が宿の下、溪に臨んだところにあるのです　川端康成（御存じでせう）の説によると伊豆一の名湯だそうで村の人が非常に信仰してゐます、それで毎日一里程も先のところから村人達が集つて来るのです　それで湯は村の人の集合場　裸体のクラブです」（二月一日　清水蓼作宛）

その頃湯ヶ島には、「木立（きだち）の湯」「世古（せこ）の滝の湯」「西平（にしびら）の湯」と、三つの〝共同湯〟があったが「世古の滝の湯」が一番温まるので、入りに来る人も一番多かった。秋の収穫も終り、麦蒔きもすんだ頃、お百姓さんの手はあかぎれでガサガサになる。そのあかぎれにこの湯はことのほか効き目があり、それでこの季節には特に入る人が多かった。

「男はボン天帝釈天のやうな筋肉を持つてゐるし女はルーベンスの裸婦のやうです」（同右）

毎日を労働に明け暮れる彼等の裸体は、梶井さんの目に正にその通りに映じたことであろう。

「こちらは別に変つたことはなし、ほれ、あの一人前のすき焼　甘い茶碗蒸　赤い刺身

小あぢの酢のもの　かまぼこと椎茸の吸物さ」（二月二日　中谷孝雄宛）

当時、家には板前はいなく、父と姉が料理を作っていた。こんな献立が湯川屋の一般的な料理であった。

「風邪はどうなつた、階下のお内儀子供二人今日は女中二人とも皆スペイン風だ　どうも僕は薄氷を踏む気持がしてならないが温泉の水でしじゆう含嗽をしてゐる故かハナも出ない　昨日菓子着いたとき子供二人が可哀そうで「子供の情景」一組宛やつたが　これはいつでもそろそろなくなりかけになると後悔するが清水の舞台から飛下りたつもりでやつた　そして後悔多き羸弱な僕の博愛主義を憐んだ次第です」（二月二日　小山田嘉一宛）

母と子供二人と女中二人が風邪とあるが、子供二人のうち、私もそうだったかはおぼえていない。しかし大事な菓子をくれたりして、何時も宿の我々にも気をつかって下さっていたことを有りがたいと思う。

「警察の前へ行くと湯川屋の主人も火事装束でゐる、黒帽に四本筋、これが一番威張つてゐるらしい、煙草の火を借りて火事の模様をきく、極僅かだつたとのこと」(同右)

父はその頃村の消防組の組頭だった。消防の法被を着て出かけると、先ずその晩の帰りは酒のためおそくなるのが常法で、母もいい顔はしなく、私も心細い思いをしたものである。

「ここへ来たのは保養といふよりもつとせつぱつまつた亡命といふやうな感じだつたが、そのかりそめの宿も此頃は少しは身について来た　来た当座のやうに中腰のやうなことはなくなつて来た」(二月三日　北神正宛)

ここへ来て一カ月を暮し、川端先生と語り合ったり、共同湯で裸婦を見たりすることによって、亡命というやり切れない気持が少しずつ和らいで来たのではないだろうか。「梅咲きぬ温泉(いでゆ)は爪の伸び易き」の句の良しあしは私にはわからないが、湯上りの梶井さんが窓の外にある梅を見ながら、ふと吾が指先を見つめている光景が見えるような気がする。

「今旅館には僕一人（三階は僕一人）二階には六十歳程の工学博士とかいふのが下女と書生をつれて来てゐる」（同右）

この工学博士は広池という人で、料理も宿のものをとらず、何故か共同湯へは入らずに、据風呂桶を買って来て、書生に共同湯からバケツで湯を運ばせ、わざわざぬくして、それに入っていた。一カ月近く滞在していたろうか。

「やはり東京へ帰ることを延引して（いつまで此方にゐるか未定ですが）こちらで養生する考です」（二月四日　近藤直人宛）

来た頃は三週間位の滞在予定だったのが、この手紙によって、二月のはじめにはもう気持を長期養生に切り換えたことが解る。

「ここは天城の麓で随分田舎だ、享楽的な気持（分）なし、村人質朴、気持ちがいい、養生にはいい処と思ふ、湯は伊豆一など云つてゐるがなにしろ伊豆の名湯らしい、然しリユーマチなどによくきくらしく僕にはあまり御利益はないがよく温まることは河豚を食つた気持もかくやとばかりでこれは有難く思つてゐる」（二月五日　畠田敏夫宛）

リューマチ神経痛によく効くことは確かで、湯にかよいはじめた時は履物も持たず上の道から玄関まで七十二段の石段を人におんぶされてやって来た客が、半月程の湯治で、帰る時は下駄を買って石段を歩いて帰った例もある。しかし温まるこの湯は、梶井さんの病気には必ずしもよい結果をもたらさなかったろう。

「宿は一日昼飯こめて二円だから安いだらう。食事もかなり新鮮な魚や鳥獣肉があるから工合がいい」(同右)

この頃の客は、全部滞在だったので、三食付だった。一番上等の客が三円だったと覚えている。

「此頃は川端氏のところへ行つても長話するやうになる次第　此間象とラクダの話をしたらやはり感じたやうだつた　きいて見ると　あれは大仁にかかってゐた動物園が下田へゆくところだそうで、小動物は貨物自動車で行つたが　貨物に乗れない彼等は一日の徒歩旅行をして行つた訳だ　僕も大層嬉しかつた　あの下田街道に　どこか　その日の巨大な足跡でも残つてはゐないかなど思ひ　その光景を想望する心まことに切なるもの

がある　彼等も蓋し半島の芸人　伊豆の踊子だ、永らく都会にゐて田舎のことにはうとかつたが田舎には可憐なものが歩いてゐるのだななど思ふ」（三月七日　淀野隆三宛）

たしか象とラクダと二頭ずつだったと思うが、丁度学校にいる時で、のそりのそりと、歩いて来た象とラクダを初めて見て、その大きさにびっくりしてしまった。学校では一時間も授業を休んで、先生共々ぞろぞろ彼等の後をついて行った。あの大きな動物を半島の芸人、伊豆の踊子と断じ可憐なものと評する梶井さんのものの見方に、何か吾々とかけはなれたものを感ぜざるを得ない。

「川端氏の伊豆の踊子は近日出版するだらう　先日校正を少し手伝つて、やつた。装訂（ママ）の吉田謙吉氏が今日あたりこちらへ来るとか」（同右）

後年家で猪鍋の間を造る時、吉田謙吉先生に設計をお願いした。思えばこれも奇しき因縁である。

「こちらは雪で宿の人も五日六日は湯ヶ島へゆかなかつた故　送金おくれた次第　あし

からず」(同右)

この時の雪は一尺以上も積り、途中の吊橋を歩くと危険だということで、通行止めになり、学校も三四日休校になった。

「これをかいてゐたら娘さんが彼岸の餅をもつて来てくれた、此の間は下で作つてゐた草餅が実に食ひ度かつたがこのおにぎりにきなこをまぶしたのは少し口にもてあましさうだ」(三月十八日　淀野隆三宛)

この娘は、私の姉(小池きよ=富士市在住)のことで、草餅は餡を入れた蓬の餅で、口にもてあましたのは、きなこのぼた餅だった。

「牧水の山桜の歌の数十首は湯ヶ島で出来たものであるのを最近知つた　此処の桜は随分いい　やまめも今が一番よく釣れるらしい」(四月十一日　淀野隆三宛)

牧水の
薄紅に葉はいち早く　萌え出でて
咲かんとすなり山桜花

の一首は、今も西平橋の傍にある大きな山桜を詠んだといわれている。

「三月の馬鹿やまめ　三月のほだれ喰ひ　ともに此頃のやまめのよくつれることを云つたたとへだ、ほだれとはぼろがたれてゐるといふことで川でぼろの着物を垂れながら釣つてゐるとその着物の裾へまで食つて来るといふことださうだ、河鹿がもう鳴いてゐる」(同右)

この頃の湯ヶ島の川には、いまとちがってやまめが沢山いた。釣の客も多く、魚籠一杯釣って来た。しかし最近は都会からマイカーでどんどん山奥の谷川へまで入って来るので、今や湯ヶ島でも、やまめは幻の魚となりつつある。

「英子様　此の間はお手紙有難う　臼も杵もあなたのところの大と外村のところの小と二週間程も前に買つてあるのですが、三好に持つ帰つて貰ふ筈だつたところ三好は下田の方から廻つて帰るので　持つて行つてはくれませんでした」(四月十三日　中谷孝雄・英子宛)

この臼と杵は、『温泉』に出てくる「背の高いお人好で聾の木地屋の主人」が作ったものである。

「今日は近所の高等一年の児が河へ入つて大きな魚を十何匹もひつかけた、潜水してひつかけてくるのだ　上手な人は一度潜つて口に一本と両手に一本宛と捕つてくるといふ驚くべきものだ　鹿が小学校に捕られてゐるの三好にきいただらう　此の間糞をしてゐるのを目撃した」（四月二十九日　淀野隆三宛）

川へ潜って魚をひっかける仕掛は、細い一米半位の竹の棒の先へ、紐のついた鈎をつけ、水眼鏡で目当をつけた魚をひっかける方法で、私達は「かじる」と云っていた。「鹿が小学校に捕られてゐる」とあるが、当時はやたらと鹿が多く、人里まで現われることも珍らしくなかった。それを捕えて寄附した人があり、学校では丸太で組んだ小屋で飼ってあった。高等科の生徒には、鹿当番という役があり、毎朝若草とか鹿の好きな木の葉を持って行かなければならなかった。

「拝啓　此の間は自動車墜落の御見舞わざわざどうも有難うございました」（四月三十日　川端康成宛）

自動車墜落の一件はこの手紙の終りの方にくわしく書かれているが、湯川屋の上の世古楼で、建前か何かで大工左官等の職人さん達が一杯やり、その中の左官が、酔ったあげくいたずらに運転して落したのだが、梶井さんの室の裏に大きな欅があり、それへうまくひっかかったため、屋根の一部をこわしただけで大事に至らなかった。夜中の二時頃おそらくまだ書きものをしていたであろう梶井さんは、本当に驚いたことと思う。昭和四十六年十一月二日、文学碑の除幕式を明日に控えようやく碑を建て終り、植木屋さん達と一杯やっていたら、その中にいた磯さんという年寄りの職人さんが、昔世古楼で仲間と飲んだ時仲間の一人が車をいたずらして湯川屋の屋根へ落したことがあると、話してくれた。因縁というべきか。翌日の除幕式には磯さんにも出席してもらって、その時のことを列席の皆さんに披露してもらった。

「下田街道の一杯屋では最近籔熊といふのが生捕になつてゐます　ちよつとやまあらしのやうな奴で魚の煮たのを食べさされてゐます」（同右）

このことは作品『籔熊亭』にくわしく書かれている。

「二三日来ほんとにめつきり夏らしくなつてしまひました　今日も上の朝日屋の小供（高等一年）が川へ入つてうぐひを十何匹もひつかけて捕りました　その技倆驚嘆のほかありません」（同右）

「上の朝日屋の小供」は「大ちゃん」といって、この辺りのガキ大将で、腕力も強く、随分いじめられたものだった。四月頃から川へ入れるのも、体が冷えるとお湯へ漬って温められるからで、温泉場の子供等の特権であった。その頃は、川端のいたる所に温泉が湧いていて、手で砂をかき集め、即製の風呂場を作り、それに寝そべって体を温めることも出来た。また秋になると、山から渋柿を取って来て袋へ入れ、湯の湧いている砂の中へ一晩埋めておくと、翌朝はうまい渋ぬき柿となり、それが子供達の秋の楽しみの一つであった。

文学碑の碑文はこの同じ手紙の中から、川端先生と中谷先生が撰んで下さった。

「山雀頬白かけす四十雀などの鳴声はまあようやくわかりましたが最近実によくさへづる鳥で大きさは頬白位　背が青く（コバルトブルーの濃い色）頭黒く腹の白い鳥をなんだらうと思つてゐます　るりといふのはそんなのぢやないでせうか　実によくさへづり

まして一匹ゐると谷が随分賑かです　あちらの枝こちらの枝と行き来して永い間同じところにゐます」（五月二日　近藤直人宛）

この鳥は正にるりで、湯川屋が今の改築をする迄、梶井さんがいた室を「るり」と名づけて、梶井さんを偲んでいた。

「前の山へ藤の花が咲いた　石楠花は今満開だ、今日谿へおりて河鹿を聴いた　座つてゐるところから各々石の上の四匹の河鹿が見える　川下の方から幽かな鳴声がきこえて来る、と河下の奴から順に鳴き出す、一匹は鳴かない、それは雌だ、雄は一尺程の距離の石の上にゐる、そいつが鳴くと雌はかすかに答へてゐたようだ。暫くすると雄が一尺程の水を鳴きながら渡つて来て雌の上へとびついた、そして僕はグロテスクと呼び得るやうな交尾を見た、……」（五月七日　淀野隆三宛）

この場所は、作品『交尾』を見ると、湯川屋の向う岸の河原だと思う。「俺は石だぞ。俺は石だぞ」と念じながらの執拗かつ慎重な観察が、名作『交尾』を生んだわけである。

「湯川屋へ云つてゐた日迄に金を持つて帰つてやつたのにちつとも有難さうな顔をしませんでした、こんなのならもつと京都にゐて　何だつたら一緒に和歌山へ行き度かつた

のにと思ひました」（十月十九日　近藤直人宛）

六月十日付小山田嘉一宛の手紙で「十五日位で帰阪する」と知らせ、十月十九日付淀野隆三宛に「こちらへ帰って来たのが十六日」とあるので、その間四カ月家をあけたわけである。わたしの両親も、果して梶井さんはもう一度この湯ヶ島へ帰って来るだろうかと、半信半疑で待っていたため、迎えた時そんな気持が顔に現われたのではなかろうか。

「しかし今年は鮎がすくなく湯川屋では一度も客膳にのぼりませんでした　毎年なら膳の半分は鮎ださうですが　然し世古ノ滝では朝日屋の子が一日に平均一匹位は潜つて捕つて来ましたので、そんなのを買つてわずかに腹を肥やしたやうな仕末でした」（十月三十一日　川端康成宛）

どうしてこの年鮎が少なかったのか、子供仲間では一番腕達者の朝日屋の子が一日平均一本位しか捕れなかったのでは、確かに鮎の少なかった年にちがいない。

「此の間は紅葉見と、トンネルでは夕方になると鹿が鳴くといふのでトンネルへ行つて

見たのですが夜路を湯ヶ野まで歩いてたうたう身体をこはしました」（十一月七日　川端秀子宛）

梶井さんは作品『冬の蠅』に、夜路を湯ヶ野まで歩いたことを書いているが、そこには、郵便局の帰り、旅館へ歩いて帰るのが億劫になって、来合せた乗合自動車を止めてトンネル迄行ったと、してある。しかしこの手紙を見ると、紅葉見と鹿の鳴くのを聴く目的で行ったとあるので、トンネル（天城峠のトンネル）まで行った動機は異っているが、おそらくこの時の体験がそのまま作品『冬の蠅』の素材となったのだろう。

「湯本館のおたねさんは春の田植のときから神経痛になつてまだ癒らずぶらぶらしてゐます。九さんは今日久振りで会ひましたが、山へ山の芋を掘りに行つて来た帰りで泥だらけでした。」

湯本館のおたねさんは、私の叔母の養女で、湯本館の女中をしていた。後に叔母と二人で浄蓮の滝へ茶店を開いて、商売も繁盛していたが、三十九歳の若さで、小さい子供二人を残して亡くなった。この人が生きていたら、川端さんのこと、梶井さんのことがさらにくわしくわかっただろう。残念である。九さんは、梶井さんを湯川屋へ紹介した湯本館の板前である。

「昨日書いた抒情詩なるものを見せやうか、これは落合の上の下田街道から下を見ると一帯の風景が見えるだらう、左の方に世古の滝へゆく近道が向ふ山の山裾を廻つてゐるね、それを見ながらの抒情詩と心得てくれ、

この展望を下りて　彼方なるかの山裾をめぐらん
山裾は広く　路は細ければ
われら　如何に小さく見ゆならん
ああ　われら如何に小さく見ゆならん」
(十一月十一日　淀野隆三宛)

「落合の上の下田街道」とは、落合楼の今の新館のある辺で、当時はこの新館もなく、「左の方に世古の滝へゆく近道」には一軒の家もなかった。また右手の方には『闇の絵巻』の道が望見された。

「昨夜は上の杉山さんで浄るり義太夫の会があつた。太夫の顔触れが面白い、湯本館のおやじ。あんま。思ひざしの婆、宿の菓子屋、自転車屋、など　先生といふのは君知つ

てゐるだらう　顔色の悪いおばあさんだ。」（同右）

「上の杉山さん」というのは、今は家もないが、当時はこの辺切っての財産家で、木炭の問屋だった。店先きでは酒、塩、煙草、切手等も売っていた。当時淀野隆三さんは、この家の離れに暫らく住んだことがある。「あんま」は『温泉』にでてくる商人宿にいた宗さんである。「思ひざしの婆」は飲み屋の林川の女将。「宿の菓子屋」は木村屋。「自転車屋」は足立多一という人で中々の道楽者であったが、何時の間にか湯ヶ島から姿を消してしまった。「先生」は『温泉』にでてくる「一番はしの家はよそから流れてきた浄瑠璃語りの家である」の浄瑠璃語りである。

「昨日は大神楽とといふのが来ました、五六日前宿で見かけたのですが、この大神楽といふ奴は気の長い奴で、市山を三日間、宿を二日間、大滝を一日　長野を一日　茅野を一日　世古ノ滝と西平を二日間で、各戸の前へ立つて獅子舞をやつて米や金を貰ふのです」（十一月二十七日　淀野隆三宛）

この「大神楽」というのは秋の取り入れの終った頃、いわばお百姓さんへの慰労と感謝の意味で三島の方からやって来た。ここにでてくる市山、宿、大滝、長野、茅野、西平(にしびら)はそれぞれ部落の名前で、日曜日ともなると子供達は他の部落まで見に行き、同じ芸を各家毎にやるのを一日中あきもせずついて歩いたものだった。米や金を沢山くれる家では芸の種類も多く、時間も長かった。一行七八人の芸団で、夜は商人宿や部落の大きな家へ泊り、芝居もやった。昼間笛を吹いていた人が、夜は女形で出て来たりして、芝居の筋なんかわからなくても、結構楽しいものだった。

「夕方裏山へのぼつて行つたら彼等が朝日屋の裏坐敷(ママ)へ泊つたことを知りました、彼等も一種の「伊豆の踊子」です

裏山や神楽の泊りし小窓哉」(同右)

裏山とあるのは現在文学碑の建っている場所を指している。

「僕は此頃やや初冬のなかで落付(ママ)いてゐる、日光浴、服薬など規律的にやつてゐる。血痰は少くなつた、あまり散歩もしない。夕方入浴して「窓からの外出」といふのをやる」

(十一月二十七日　北神正宛)

「窓からの外出」とは、玄関から出ずに自分の室の窓からトタン葺の庇を伝って直接

外へ出ることで、外出ばかりでなく帰宅、訪問も梶井さんの場合はこの方法が特別に多かった。

「それにその朝　鍋島の子の夢を見たのだ　それが面白い夢で　十六七の少年が僕に「鍋島の娘に惚れた　それで結婚したいと思ふ」と打明けるのだ　僕は　それはよからう　僕は鍋島の親に話をしてあげるから君は国へ帰つて親を納得させて来給へと云つて鍋島の家へゆく　ところがその少年のことはなにも話をせずに僕に呉れないかと云つてゐるのだ　そして鍋島の娘ととてもなかよくなる夢なのだが　そのなかよくしてゐるデイテイルは忘れてしまつた　なんだか紅葉が美しく山一面だつたやうなことを覚えてゐるだけこの十六七の少年といふのは結局僕なんだといふ気がする」（十二月五日　淀野隆三宛）

鍋島というのは半キロ程上流にある家で、酒、煙草、米、雑貨等を商っている店であった。その娘は「つぎ」といった。実はこの「つぎ」の妹が、いま私の次弟の女房になっている。若し梶井さんが「つぎ」を嫁にしていたら、梶井さんと私は義兄弟のような関係になる訳で、そんなことを考えるとおかしさがこみあげて来る。この人も十年位前亡くなった。

「一人で小高いところへのぼり、暮れてゆく黄葉紅葉の山を見てゐるのはたいへん豪奢な感じででした　そのうちに天城では鹿射ち猪射ちがはじまつて、宿の街道などで獲物をかついでゆく一行をよく見かけました　一度は小森館の前で逃げて里へ出て来た大きな牡鹿に出喰はしなどして　一人になるとまたいやに珍らしいことが殖えて来やがるなどと思ひ　それだけ孤独な気持もしました」（十二月二十二日　広津和郎宛）

当時の猟師は、鹿の皮や角が値よく売れたので、猪よりも鹿の方をよく射った。獲った鹿の腹を切り裂き、臓物を出して、茶碗で腹の中の血を飲んでいる光景を、度々見かけた。「小森館」の前へ逃げて出て来た鹿を、私も確かに見た記憶がある。或は梶井さんの見たのと同じ鹿ではなかったろうか。

「宿の近くに山の猟師をかねて川の漁師のかねさんといふ老人がゐまして囲炉裏の切つてある一と間の小さい家に夫婦暮しをしてゐますが私の此頃のたのしみはその家へ出かけて種々な山の話をきくことです　たまにはとれた雉や鳩を買つて食べますが何時行つても歓待してくれ浮世離れた話をしてくれるのでほんとに心が清々して帰つて来ます」（一月日附不明　仲町貞子宛）

かねさんは斉藤兼松という人で、鉄砲打は中くらいの腕だったが、釣りにかけては自他共に許す名人であった。今日は何寸位のを何本釣って来てくれと頼むと、その通りのやまめを釣って来た。しかし一国者というか、名人肌というか、人が釣り方を教えてくれと頼んでも、「素人なんかにやまめは釣れないよ」と云って、頑として教えてくれなかった。それればかりか、世古の滝から上流の川は俺の縄張りだと云って、他所の人が釣りに行くと、石を投げて追っぱらったりした。そのかれが自分の身内だけには秘伝を教えたので、かれの親戚一統は、皆やまめ釣りの名人だった。七十過ぎて連れ子のある後妻をもらい、相変らず釣三昧の暮しをしていたが、ある晩突然姿を消してしまい大騒ぎとなった。部落総出で山や川を探したが見つからず、その夜の捜索を打切って翌朝早くふたたび探索をつづけると、家の真下の川の浅瀬に顔だけ水に沈ませて、死んでいるのが発見された。不思議なことにその顔のすぐ近くを八寸位のやまめが泳いでいた。自分で死ぬ覚悟で川まで行ったのか、或は他殺かと警察も来て調べたが、遂に原因はわからなかった。やまめが老人の傍を逃げもせず悠々と泳いでいるのを見て捜査に加わった人々は一様に慄然たるものを感じた。「やまめがお迎えに来たのだろう」と云って網で捕え霊前に供えてかねさんの霊を弔った。

以上が私なりに気のついた個所の解説である。

もとより不備なものにはちがいないが、これも私の梶井さんに対する責務だと思い、書き綴った。梶井さんの文学を理解する上で、この一文が少しでも役立ってくれたなら、これにまさる喜びはない。

梶井基次郎のこと
——宇野千代氏に聞く——

インタビュー　小山榮雅

——本日は、先生に梶井基次郎のことについていろいろとお聞きしたいのですが、先生の方のご事情[1]がおありで、電話インタビューという形をとらせていただきたいと思います。

宇野　はい。解りました。

——お忙しいところ申し訳ございません。

宇野　いいえ、ちっとも。

——それではさっそくお話をお伺いしていこうと思います。

宇野　どうぞ。

はじめて逢ったときのこと

――先生の『梶井さんの思い出[2]』のなかに、梶井とはじめて逢ったときのことが書かれていて、「湯ヶ島の瀬古(ママ)の滝へ行く路上で、川端さんに紹介された。」とありますが、このときは散歩で世古の滝の方へ行かれたのですか。

宇野 はい。そうです。

――そのときは、川端康成氏とお二人だけだったんですか。

宇野 はい。そうです。

――すると、梶井も、向うからぶらぶらやって来たんですね。

宇野 そうです。きっと川端さんのところ[3]へ来るつもりだったんでしょうね。梶井さんは川端さんのところへは、何というか、いゝ、いゝ、いりびたりとでもいうのでしょうか、始終来ていましたから。

梶井の印象

――そのときの印象はどんなでしたか。どうも、どなたにお聞きしても、皆さん梶井の第一印象は悪いというようなことなんですが。

宇野　そうですね。梶井さんには、逢って、その人柄にふれるまでは、誤解する人があるでしょうね。あの人はちょっと、容貌魁偉ですからね。でもね、根はとても誠実で、やさしいんです。ですからね、やはり、よく話をしたりしないと、本当のかれの人柄というか、人格というか、そういうものは解りにくいですね。

——喋り方などは、どうですか。

宇野　とてもおだやかでね。それで、ゆっくりと、言葉を区切って言うような、梶井さんの文章と同じです。文章は、ご承知のように、考えた揚句のものですからね。喋り方も、ぺらぺらと思わず喋ってしまったというようなところは、全くありませんでした。

——慎重というか……。

宇野　そうです。一応頭のなかで文章にしてから話す、というふうでした。

よく遊びに来た梶井

——それから、「梶井さんは、毎晩、私たちの宿の方へ遊びに来た。[4]」とありますが、この宿というのは、湯本館ですか。

宇野　そうです。私はずっと湯本館にいましたから。

――毎晩ということですが、時間的には、夕飯が終ってからですか。

宇野　はい。夕飯が終ってからでした。それでね、梶井さんは長っ尻でして、十二時が過ぎても帰らないということが、屢々でした。

――やはり人恋しかったんでしょうね。

宇野　そうですね。それもあるし、私と話すのが、面白かったんでしょうね（笑）。

――なるほど（笑）。それで、梶井に逢ったのは、年譜[5]によりますと、昭和二年の七月か八月とありますが、やはりその頃でしたか。

宇野　ええとね、そうかも知れませんが、私は、あの年は何度も湯ヶ島へ行っていますから、そう七月とか八月とかいうより、東京へ帰ってはまた湯ヶ島へ行くという具合でしたから、何度も逢っていますよ。

――そうですか。

宇野　しょっちゅう逢っていたといってもいいでしょうね。

梶井の部屋

――先生もときどき湯川屋の梶井の部屋を訪ねておられるようですが、その部屋の感じはいかがでしたか。

宇野　南向きの、とても感じのいい部屋でした。部屋全体も、ちょっと広くてね、そこに机を置いて、全く年寄りのお爺さんのような生活をしていましたね（笑）。きちんと坐ってね、お盆を磨いているんですよ。栗盆は、湯ヶ島の名産でしたからね。それを磨いてね、私にも〝こんなにツヤが出ましたよ〟なんて、よく自慢していました。それで、私も真似をしましてね、お盆を買って来て磨いたものでした。

――そうでしたか。

宇野　いまでもね、家でお盆や茶托を磨くことがありますが、そんなときは、〝ああ、梶井さんがこんなふうに磨いていたなあ〟と、いつも思い出します。

――かれの部屋の火鉢には煙草の吸いガラがいっぱいだったということですが。

宇野　ええ。いっぱいでした。煙草の吸いガラと、それから、紙クズ篭には、原稿用紙がいっぱい捨ててありましてね。いわゆる書きつぶしの原稿ですが、それが、毎日山とあるんです。それでいて、出来上った原稿というのは、一日に一枚にも充たないんですね。推敲に推敲を重ねて、良心的な仕事をしていたわけですね。

——頑張っていたんですね。

宇野　そうですね。

贅沢なひと

——煙草の吸いガラのことでちょっとお伺いするんですが、梶井の吸っていた煙草の銘柄は、主に何だったんですか。

宇野　さあ、そこまでは解りませんでした。

——そのことは宿の女中さんも覚えていないんですが、梶井はご存知のように贅沢な人でしたから、それでどんな煙車を吸っていたのか[6]と、ちょっと興味がわいたんです。

宇野　そうですか。おっしゃる通り、梶井さんは贅沢な人でしたね。本当に、好みは贅沢でした。

——そうらしいですね。外出するときでも、宿の丹前や浴衣で外へ出るというようなことは、一度もなかったそうですから。

宇野　そうです。いつも久留米絣を着ていました。とてもおしゃれでしたよ。ウビィガンの香水など使っていましてね。梶井さんと香水なんて、似合わないように思っていましたが（笑）、いつも良い香水を持っていましたね。

エピソードなど

——先生はまた、梶井が誰かと押し問答したあげく、「あっという間に裸になって、橋の上から跳び込んだ。」[7]と書かれていますが……。

宇野　そうなんです。川の流れがあまり速いんで、ここでは泳げないだろうと誰かが言うと、梶井さんが、いや泳げますよといって、押問答みたいになったんです。

——それで、梶井はその橋の上から飛び込んだんですね。

宇野　そうです。湯本館のすぐ脇の川に[8]、向う岸の炭焼小屋の方へ渡るために、丸太の橋がかかっていましてね、その上から飛び込んだのです。あんなおとなしい人の内面に、いかに激しいものがひそんでいるか、という梶井さんの、いってみれば一面がうかがえる行為でしたね。

――そうでしたか。

宇野　それからもう一つ、『梶井さんの思い出』にも書いたと思いますが、或る日とつぜん、宿を出たっきり、帰って来ないことがあったんですね。[9] 三日程でしたか、無断でいなくなってしまったんです。それで、三日目にひょっこり帰って来るんですが、帰って来ても、行った先や、何をして来たかについては、ひと言も言わないでね、前とちっとも変らない表情なんです。山の方へ行って、自分一人で、何かいろいろと考えることもあったのでしょうが、あの人の表情が実におだやかでして、他人に自分の内部の苦しみや何かは、全然見せませんでしたからね。悩んでいるような表情など、私は一度も見たことがありませんでした。

――なるほど。

宇野　ですからね、ちょっと逢っただけでは、誰も、梶井さんという人が人生の深いところまで考えている人間だということに、気がつかなかったでしょうね。

病気について

——やはり『梶井さんの思い出』の中で、「もう胸が悪くて、その頃の言い方では、「第三期」だと言うことだった。」とお書きになっていますね。

宇野　そうです。

——で、梶井の病気についてはご存知だったんですか。

宇野　知っていました。

——梶井が自分から病気のことを話したんですか。

宇野　いや、それがね、ちっとも話しませんでした。痰はしょっちゅう取っていましたけどね、病気については、言いませんでした。梶井さんの方でも、他人に気づかれないようにしていたのかも知れませんね。でもね、私は淀野隆三さんに聞いたのかどうか、梶井さんが病気だということは、よく知っていました。

——それじゃ、病気を承知の上で、梶井とは毎晩遅くまで、付合っていたわけですね。

宇野　そうです。若かったですからね。いろいろと話に熱中するんです。

もう一度逢いたかった

——青春時代ですものね。

宇野　そういうことになりますね。それでね、梶井さんが、もう病気が悪くなって、湯ヶ島を引き揚げて、とうとう大阪の方へ帰るというときになったら、梶井さんがね、私に向って、〝ぼくの病気が本当に悪くなったら、大阪まで逢いに来てくれますか〟と言ったことがあります。

——そうですか。

宇野　私は、そのとき、〝必ず行きますよ〟と、約束したんです。

——実際梶井が大阪へ帰ってからも、先生は何度かかれに逢っておられますね。

宇野　それもそうですけどね。手紙がね。何度も何度も来るんですよ。しかも、つづけざまに来るんです。ですからね、梶井さんはよっぽど淋しかったんだろうと思うのですがね、何しろ私の方はのんきでね、それにめちゃめちゃな生活をしていましたからね、梶井さんの気持を思いやったりする心の余裕もありませんでしてね、自分の気持にばかり気を取られていまして。梶井さんの淋しい気持を察しられなかったのが、自分勝手で悪いことをしたなあと、いまでも私はそう思っています。

――大阪へ帰ったときは、梶井の身体は、もう絶望的に悪かったですからね。

宇野　そうですね。それで、梶井さんには身体が本当に悪くなったら必ず逢いに行ってあげると約束していたんですが、梶井さんの病状については誰も私に知らせてくれませんでしたし、万一どなたか知らせて下さっても、私自身の生活というか、身のまわりというか、そういうものがとても行けるような状態ではありませんでしたからね、とうとう逢えなかったんですが、梶井さんが亡くなったと聞いたときには、とってもショックを受けました。

恋愛関係という誤伝

――先生はまた「二人の間に恋愛関係があるという誤伝があった。[10]」とも書かれていますが……。

宇野　まあ、それはね、そうでしたね。誤伝というより、いまでも人はそう言っています。

——そうですか。

宇野　それからね、私が尾崎と別れた原因の一つにね、梶井さんとのことが取沙汰されましてね、私たちはそのころ東京の馬込村[11]に住んでいたんですが、いろいろと中傷する人がいまして、私はそんなこと言われてもちっとも気にしませんけど、私と尾崎の間はね、やはり困ったことになりました。

馬込村へも来た梶井

——その馬込村ですけど、梶井も湯ヶ島から何度か上京して、馬込村に行っていますが、そんなとき先生は、梶井が来るんで嬉しいと、人々にふれて歩いたそうですが[12]……。

宇野　それがね、嬉しいということは、恋愛感情とちょっと違うんですよ。

——ええ。

宇野　それはね、梶井さんのようによい作品を書くすぐれた人がね、私たちの馬込村へ来てくれるということが、とても嬉しくてね、それでふれ歩いたんです。まあ、そんなことは、誰の眼から見ても、私と梶井さんとが恋愛関係にあるからだというふうに受け取られてしまいますよね。

――そのとき、梶井はどこへ泊ったんですか。

宇野　萩原朔太郎さんのところだったと思います。梶井さんは、萩原さんとはとても親しくしてましてね、萩原さんの奥さんとも親しい間柄でしたから。

梶井のユーモア

――『私の文学的回想記』の中に、「よく墓次郎と間違えて書く奴があるんです。」とでてきますが、梶井はそんなことをよく言ったんですか。

宇野　そうでしたね。独特のユーモアというか、自分がもうじき死ぬということを承知しながら、そのことは少しも口に出さずにね、自分のことを墓次郎なんていう奴があるなんて、わざわざそれをいうのは、単なるユーモアというよりは、人生への諧謔みたいなものが、そこにあったんじゃないかと、今では思います。

罌粟はなぜ紅い

——先生が当時報知新聞へ連載した小説で、『罌粟はなぜ紅い』というのがありますが、あの題名を梶井がつけた[13]というのは、本当ですか。

宇野　ええ、本当です。あれは梶井さんが、湯ヶ島を去って、大阪へ帰ってからのことだったと思います。

——はい。

宇野　私が新聞に連載小説を書くといいましたら、梶井さんが、こういう題はどうですかって、手紙で教えてくれたんですよ。

——そうですか。

宇野　これから私の書く内容をなにも梶井さんは知らないのにね、そんな題名をもらって、私もそれならと思って、ああいう題を使ったんです（笑）。

——なるほどね（笑）。面白い話ですね。

宇野　そういう意味では、やはり、本当のお友だちでしたね。

可哀想な梶井さん

――先生は当時、梶井の作品は『青空』でお読みになったんですか。

宇野　そうです。『青空』という梶井さんたちの同人雑誌で読みました。読んでね、詩というか小説というか、とにかく素晴しい作品でね。とても梶井さんを尊敬しました。

――それでいて、ずっと無名だったんですからね。

宇野　でもね　死ぬ頃は、偉大な作家とまではいかなくとも、ユニークな素晴しい作家だということは、ものを書く人たちの間では知られていました。

――そうですか。

宇野　ええ。

――湯ヶ島では梶井は、身体も悪かったんですが、作品の方も中々書けなくて、苦しんでいますね。

宇野　そうです。でもね、苦しんでいる様子など、少しも見せないんです。かれの作品の題にもありますが、〝のんきな患者〟というか、本当にのんびりした印象でした。

――生活の方も、家の方から自立をせまられて[14]、結局は自立する方法は何もなく、少女小説なども書こうとしていますが、悩みに悩んでいたんですね。

宇野　そうかも知れませんが、そんなことは私は、少しも気づきませんでした。また、他人にそういうことを気づかせるような人ではなかったですね。そういう意味では、本当に大人でした。

――そうですか。

宇野　いま思うと、それが可哀想でね。何で早く気がついて、いろいろと仕事の援助とか何かしてあげられなかったのかと、とても残念でなりません。そういうことなら、私にも力になってあげられることはいっぱいあったのにと、いまでは心から悔んでいます。

――それにしても、先生が梶井のことを、とてもよくいろいろと覚えていて下さって、大変うれしく思います。

宇野　そうですか。お役に立てば、私もうれしいですよ。

座談会・思い出すままに

出席者

安藤公夫

小池きよ

斉藤仙三

小森ふさえ

上田まつ

杉山たき

司会

小山榮雅

小山　本日お集りいただいた方々は、いずれも、梶井基次郎がここ湯ヶ島の湯川屋へ滞在したときのことを充分にご承知であるばかりでなく、梶井基次郎自身にも直接逢っていて、まさに昭和二年（一九二七）当時の湯ヶ島のことや、梶井基次郎の周辺についてお詳しい方々ばかりですが、今日はひとつ、梶井基次郎の文学ということには殊更にお気をわずらわさずに、当時の湯ヶ島の模様や、梶井基次郎についての印象記のようなものを、ざっくばらんにお聞かせいただきたいと思います。――そこでまず、現在、この湯ヶ島における最長老のお一人である斉藤仙三さんから、当時の湯ヶ島のことなどを中心に、お話しいただければと思いますが……。

湯ヶ島の歴史

斉藤　湯ヶ島の旅館では、湯本館が一番古く、約百年経っています。その次がこの湯川屋です。落合楼はそのあとで、昭和二年（一九二七）当時は、この三軒が湯ヶ島温泉の旅館だったわけです。ほかにも二三軒ありましたが、それは主にみな商人宿でした。

小山　すると、いまよりは、ずっと淋しい温泉郷だったんですね。

斉藤　そうです。とにかく、湯ヶ島の夜明けというか、ひらけたのは、明治二十一年（一八八八）に、帝室林野局の天城出張所[1]ができて、天城の開伐をはじめたんです。そのために、都会から役人が頻繁に来るようになりました。それで、急激に湯ヶ島が発展したのです。

小山　なるほど。

斉藤　私は明治三十二年（一八九九）に小学校へ入学したのですが、そのときに、はじめて湯ヶ島に正式の小学校[2]ができました。それまでは、土地の子供は、お寺を借りて勉強していました。

小山　いわゆる寺子屋ですね。

斉藤　ええ。明治二十一年（一八八八）に営林省が湯ヶ島に事務所[3]を開き、明治三十二年（一八九九）にそれを拡張工事し、その上棟式には小学校の生徒が全員招かれたんですが、そのときこの湯ヶ島に、はじめて音楽隊というものがやって来ました。それと前後して蓄音器も入って来ましたし、明治三十四年（一九〇一）には、活動写真[4]（映画）が来ました。

小山　随分早くに来たんですね。

斉藤　そうですね。とにかく映画についていえば、明治二十八年（一八九五）にアメリカからはじめて輸入されて、輸入したのが船原[5]に居た川浦某氏[6]で、そんな関係で、湯ヶ島へは早くから映画が入って来たわけです。それも、もとをただせば、やはり都会から役人やなんかがちょくちょく来ていたからでしょうね。

小山　なるほどね。

斉藤　また、伊豆箱根鉄道が開通したのが、明治三十二年（一八九九）で、そのときはいまのように三島―修善寺間ではなく、大仁（おおひと）まででした。下田街道もその頃から普請をはじめました。伊豆箱根鉄道が修善寺まで延びたのが大正時代のはじめ頃でしたから、それまでは、ここいらの人は、何かというと大仁まで出たのでした。

小山　大仁が、このあたりから言えば、まあ一番近い街だったわけですか。

斉藤　そうですね。また、バスは東海バスが大正六年（一九一七）にはじめて走りました。明治三十六年（一九〇三）に天城トンネルが開通し、それから下田まで行くようになりました。バスが通るまでは、馬車[7]でした。馬車のころは、大仁から湯ヶ島まで二時間かかりました。一人の運賃が二十銭でしたね。また、三島から大仁までの電車賃も二十銭でした。

小山　いまは三島から修善寺までが三三〇円、修善寺から湯ヶ島までが三八〇円ですね。

斉藤　ええ。バスは大正時代の終りごろ、街道を入ってすでに湯川屋のところまで来ていました。早くからここまでバスが来たのは、湯本館や湯川屋のような旅館があったことと、もう一つは、この奥に鉱山[8]があったからでしょうね。鉱山の発掘は、明治四十年（一九〇七）頃はじまりました。そのために、ここいら一帯は、その頃から電気も引かれました。

小山　発展が早かったんですね。で、当時はこの辺りの橋は、ほとんどが吊り橋でしたか。

斉藤　吊り橋は二つ[9]ありました。しかし、西平橋ははじめから木のがっちりした橋でした。橋は明治三十八年（一九〇五）に完成しました。

小山　西平橋だけが最初から木の橋だったのは、きっとバスが通ったからですね。
斉藤　そうです。

当時の湯川屋のことなど

小山　そこで今度は、この湯川屋のことですが、当時はどうだったか安藤公夫さんのお姉さんの小池きよさんにお伺いします。
小池　当時の湯川屋は客室は九つ、障子と襖で仕切られた粗末な部屋でした。父は二代目の旅館業で、親類の家と共同で椎茸の栽培などもしておりました。又、当時村の色々な役員や消防団などに関係しておりました。共同湯[10]が神経痛やリュウマチに効能のある事を伝え聞いてか、湯治のお客様はボツボツいらして下さっておりました。女中さんがここにおられるまつさんとたきさんの二人、あとは板前さん、それに両親[11]と私と弟が三人居りました。家族的な宿というのが、父の唯一の自慢でした。
小山　湯川屋はいまでも随分、家族的ですよ。
小池　そうですか(笑)。当時私は十七歳で、村の尋常高等小学校を卒業して、うちを手伝いながら、暇をみて卒業した小学校内にあった補習学校へ、お裁縫を習いに行っておりました。

小山　ところで、梶井基次郎の湯川屋の滞在費は、一日二円だったそうですが、これは当時としてはどうだったんですか。杉山たきさんはいまお姉さんもおっしゃった通り当時の湯川屋の女中さんで、梶井の日記にもそのお名前がでてくるんですが、たきさんからその辺のことを話して下さい。

杉山　宿賃につきましてはね、実をいいますと、梶井さんは、ここに長く居たいから、その分、安くしてもらえまいかと、旦那さんと交渉して、特別に二円になったんですよ。

小山　特別料金ですか（笑）。

杉山　そうです。その時分で、普通のお客さんは、一晩泊りで三円でした。それも、昼食は出さないということで、その値段でした。梶井さんの場合は、二円で三食つきでした。

上田　落合楼は一泊五円でしたね。

小山　そうですか。梶井基次郎がこの湯川屋へ来たのは、昭和二年（一九二七）の元日ですが、そのときのことは覚えていますか。

湯川屋へ来た日のこと

杉山　覚えています。正月で混み合っていたもので、梶井さんには、最初、蒲団部屋の隣りの小さな部屋に入ってもらいました。三日位して部屋が空いて他の室へ移ってもらいましたが、梶井さんが、静かな部屋がいいというもので、しまいに三階の五号室へ行ってもらいました。それからは、ずっとその部屋でした。その部屋は気に入ってくれました。南向きで、陽当りもよかったですしね。

小山　正月というのは、今も昔も、旅館は特別に忙しいときでしょうしね。

杉山　それで、梶井さんが最初にいらしたのは、いま思うと、どうも夜分のようでした。カスリの着物の上に黒いマントを着て、あまり上等のマントではなかったですが（笑）。帽子は、大学の帽子をかむっていました。

小山　東大の学帽は、梶井のいわゆるトレードマークのようなものでしたからね。これは淀野隆三さんから聞いた話ですが、淀野さんが大学帽のかわりにハンチングなんかをかむっていると、いやな顔をしたそうですよ。かれには、やはり、東大生という自負があったんでしょう。

杉山　お正月でしたから、四時半頃からお客さまには夕飯を出していましたが、落合楼で断られたから来たといっていましたね。

小山　断られたことに憤慨していましたか。

杉山　別に怒っている様子もありませんでした。七時頃だったでしょうかね。とにかく夜でした。

小山　そうでしたか。小池きよさんは初対面はいつでしたか。

小池　それが、何時どこで初対面だったか全く覚えていないんですよ。ただ梶井さんがはじめて見えた日は元日でしたので、新しい宿帳をおろし、第一番目に梶井さんに書いて頂きましたが、その筆跡の見事さに、父が驚いていたのを覚えています。その父の言葉で、どんな方かしら、と思った様に記憶しております。

小山　それで印象はどうでしたか。

小池　そうですね。ふと見たときは、こわい顔でした。お顔の色もわるく、一寸むくんでいるように見えました。でも、一寸の間お話ししていると、眼は澄んで、いつも笑っているように見えました。髪は、何ともつやつやと真黒で、羨ましくなりました。長い髪をザンバラにしていらして、めったに櫛など入れたことはないようでした。服装は、久留米絣を一対より外は、存じませんでした。うちへいらしてからは、いつもうちの銘仙の丹前を着ていらしたので、お尻が切れ、冬中は時々替えて頂きました。（笑）

湯川屋での生活

小山　上田まつさんも、当時この湯川屋にいらしたんでしたね。
上田　そうです。
小山　そこで、これから、湯川屋での梶井基次郎の生活について、いろいろとお伺いしていこうと思いますが、何からお聞きしましょうか。そうですね、梶井はよく友人からお菓子などを送ってもらっていますが、それは覚えていますか。

杉山　お菓子かどうかは解りませんが、小包はよく来ていたようでした。

上田　そう、よく送られて来てましたね。

杉山　でも、貰って食べた覚えはありません（笑）。

小山　手紙によりますとね、湯川屋のお内儀、子供二人、女中二人がスペイン風邪で寝ていて可哀想だから、清水の舞台から飛び下りたつもりで、お菓子をわけてあげたとあるんですがね[12]（笑）。この女中二人というのは、杉山たきさんと、上田まつさんのことじゃないんですか。

杉山　それは全く覚えがありませんね（笑）。

上田　私にも覚えはありませんよ。第一、風邪で寝たなんていうことあったかしら。

小山　そうですか（笑）。梶井の部屋の掃除は、いつもたきさんですか。

杉山　そうです。お掃除は毎日しました。

小山　それじゃ、たきさんは、しょっちゅう梶井と接していたわけですね。

杉山　そうです。

小山　で、どんな感じの人でしたか、梶井は。

杉山　おとなしい人でした。あまりたくさん口はきかない人でした。冗談もあまり言わなかったですね。ただ、原稿用紙[13]は、いつもお部屋に散らかっていました。

小山　病気だっていうことは、ご承知でしたか。

杉山　それが、よく解りませんでした。ときどき咳き込んで、やな咳をするなとは思いましたが、まさか胸が悪いとは思いませんでしたね。

小池　そうでしたね。お酒を沢山めし上った翌日などは、ご飯はいらないからとおっしゃったことや、朝のお膳がそのまま晩まであったことなどは覚えておりますが、ご病気については、全く分りませんでした。特別にお悪くなった様子も分りません。いつも私達には同じ状態に見えました。胸がお悪いと聞いていましたので、家のこんな料理[14]で大丈夫かしら、もっとおいしいものを沢山めし上らなくては、などと家中で話したことはありました。夜も早くおやすみになり早起きしなくては良くならないだろうに、などと家中で心配していました。

杉山　朝は必ず私が蒲団を上げ、お部屋の掃除をしました。

小山　そのときもあまり口はきかなかったですか。

杉山　あまりききませんでした。

小山　毎日、午前中は日光浴をしていますが、そのことはどうですか。

杉山　それも、あまり私たちには解りませんでしたね。

小山　朝は寝坊でしたか。

杉山　寝坊でしたね。早くて九時頃でしたからね。他のお客さんのお食事がすべて終って、お部屋のお掃除もあらかた済んだ頃でしたね。でも、朝は起きると、必ず帳場へは挨拶をしに降りてきましたよ。

小池　そうでしたね。お昼近くになって、そっと帳場の障子をあけ、小さな声で、すまなそうに「今起きました」と声をかけて下さるのが、毎日のならわしでした。この時のお顔が、今一番強く私の印象に残っています。

小山　東京から友人が来るときは、かれはとても喜んだようですね。

小池　お客様がいらっしゃる時は、とても嬉しそうでしたね。お料理も、一品か二品、よけいにご注文になって、時にはあの料理この料理と、ご自分でえらんで、ご注文になることもありました。夜おそくまで話していらしたので、お膳も下げず、そのまま家のものは寝てしまい、時には夜中に、ご自分でお勝手に入り、お酒のびんやビールを持っていらっしゃることもあったようですよ（笑）。

杉山 本当に喜びましたね。三好（達治）さんなんか、よく来ましたよ。

小池 三好さんと淀野（隆三）さんは、私もよく覚えています。

杉山 淀野さんは、すぐ前の杉山さんの離れを借りて、ひと夏いましたからね。

小山 三好さんは、ここへ泊ったのですか。

杉山 長くではありませんが、泊りました。三好さんも梶井さんも、貧乏のようでしたね（笑）。

小池 三好さんと云えば、お二人はお酒を飲むと、よく荒れまして、いつでしたか、朝はやく家中なにか異様な叫び声に目をさまされ、川[15]をのぞいてみましたところ、まっぱだかの二人が、大きな石にへばりついて、何か大声で叫んでいて、驚いたことがあります。この時ばかりは、父も母も梶井さんをひどく叱りまして、病気だというのにこんな事をしてお母様がどんなにご心配なさるか、と意見致しました。私は、お二人とも、本当に狂ってしまわれたのかと思いましたよ。とにかく、異様なお声でした。

小山　梶井は家から毎月七十円送ってもらっています。ここの宿貨が、ひと月六十円でしょう。だからひと月の小遣は十円ということになります。それで煙草を買ったり、切手を買ったり、散髪に行ったりする代金をまかなうわけですから、湯川屋へは随分借金をしたでしょうね。

杉山　ここへ来られて、半年位は、お勘定ということを全然言い出しませんでしたよ。ここの旦那さんが、勘定は大丈夫だろうかって、心配していたのを覚えています。

小山　湯川屋の方では、その間宿賃を一度も請求しなかったのですか。

小池　それが父の性分で、中々請求できないんですよ（笑）。

杉山　それが、半年たって請求したら、梶井さんもあわてて家へそう言ったらしく、すぐに電報為替で、お金が送られて来ました。

小池　当時は、お勘定は、ここをたつときに請求する習慣でしたしね。一年半にもわたる長逗留は、わたしのところでは、はじめてだったですし、滞在は、長い人でも十日かそこらでしたから。でも一年以上もご滞在していていらしたのに、他のお客様とちがって、お帳場へいらして家の者と話すような事が全くなかったですね。一週間も十日も滞在していらっしゃれば、どなたも退屈なさって、帳場に切ってありました囲炉裏をかこんで、色々とお話をなさるのが常でしたが、梶井さんにかぎって、そういうことは一度もなさいませんでしたね。

小山　それから、話はちょっと変りますが、この辺の冬は、かなり寒いと思うのですが、暖房などは、どうしていたのですか。

小池　火鉢でしたね。

杉山　いまのように炬燵があるわけではなく、なにせ火鉢一つでしたから、梶井さんにはきっと大変だったでしょう。

小山　炭篭を持って、炭をよく取りに来ました。夜遅くまで起きているせいか、たくさん炭を使ったですね。

杉山　そうですね。炭ちょうだいな、ってよく下まで降りて来ました。

共同湯のことなど

小山　梶井はこの下に在る共同湯へよく入っていますが、混浴だったために、女性の肉体にたいへん興味をもっていて、手紙にはことこまかにそのことを書いていますが[16]、ここの共同湯へは相当遠くからも、人が入りに来ていたようですね。

上田　そう、金山[17]あたりからも、稲の取り入れで臼を引いたあとなど、よく来てましたね。アカギレなどには、この湯はとても効きめがありました。

杉山　湯ヶ島の宿[18]の方からも来てましたね。みな提灯をつけて、歩いてきましたよ。私は市山[19]のものですが、うちの方の人たちも、今日は世古の滝の湯へ行ってこようと夜分でも出掛けて来ました。

小森　西の湯[20]を通り越して、ここへ来る人がありましたからね。

上田　ここの湯は、気候の変り目に色が白く濁りましてね。この辺りでは一番よい湯ということでした。

小山　たきちゃんは、お風呂で梶井基次郎に逢ったことがありますか。

杉山　私は一度も一緒に入ったことはありませんでした。

上田　ここのおかみさんがとてもうるさくて、いくら混浴でも、男の人と一緒に入るなんていうことは、一度もありませんでしたね。

小山　でもね、梶井は手紙に書いているんですよ。昭和二年（一九二七）一月四日付で淀野さんに宛てた手紙ですけどね、正月のお客がね「酒に酔つて宵の内に帰つて来て、湯槽のなかにゐた宿の女中を二人して悪巫山戯にかかつた。親しい女中は僕の方へ難を避けて身を縮め……」って、ちゃんと書いてあるんです。この女中さんは、たきさんじゃないんですか。

杉山　私は覚えがありませんね（笑）。第一、私たちは、お客さんの入ったあとに入るわけですからね。

小池　共同湯は川より低いので、川が増水したときは大変で、土砂がいっぱい湯ぶねにたまり、一日がかりで、組中総出で帰除をし、またお湯がよく出るように、川へ堰[21]をつくりました。こんな時は、梶井さんも面白そうに見ていらっしゃいました。冬など、冷えた体で来て、長く入っていますと、お湯にあてられ、よく脳貧血をおこして倒れる人が出まして、そのたびに父はバケツに水をいっぱい張り、とんでいってはその人の頭からかけていました。梶井さんが何時このお湯に入られたのか、わたしは一度も梶井さんと会った覚えはありませんから、きっと夜中か、或は暁方だったのでしょう。

小山　お話を伺っていると、いくら混浴といっても、男の人と一緒に入るということについては、相当きびしかったんですね。

小池　私たちが入るときは、必ず先客がいるかどうかを確かめましてね、誰もいないと解ると、入ったものでした。

小山　慎重なんですね（笑）。

小池　その点については、きびしい母でした（笑）。

共同湯に入りに来た人たち

小山　それから、ここの湯へ入りに来た人たちについても、梶井は手紙や日記に書いているんですが、そのなかで、弟をつれて温泉に入りに来る評判の美人というのが日記に出てくるんですよ。ご承知ですか。[22]

上田　上り[23]のよっちゃん[24]でしょう。もう死にましたよ。弟は清一[25]さんでしょう。その方は戦死しましたよ。

小山　そうですか。梶井がここにいたのは、随分昔のことですからね。それから、落合楼の美しい女中[26]というのも日記に出て来ますが。

小池　それは、あきちゃん[27]かも知れませんね。ウリザネ顔の美人でした。

杉山　あきちゃんは、のちに胸で大仁の病院[28]へ入院し、亡くなりました。

小池　でも梶井さんがそんな風に女性に興味を示すなんて、ちっとも知りませんでしたね（笑）。

小山　風呂は、客用と共同湯と二つに仕切られていたんですね。

杉山　そうでした。しかし、お客さんは、客湯へは入らず、ほとんどが共同湯の方へ入っていたようでしたね（笑）。

小山　やはり、混浴の方が魅力があったんですね（笑）。

小池　特に都会から来られる方は、そうだったんでしょうね。

苔の湯について

小山　かれは、渓のわきに野天風呂をみつけて一人で入っていますが、そのような、風呂が、この辺にはあったんですか。村人たちからは、全く省みられない湯だ、と手紙に書いていますが。

上田　湯川屋の下にありましたね。

安藤　苔の湯[29]と梶井さんが命名するやつでしょう。

小山　そうです。

小池　ぬるくて、誰も入りませんでしたね。それで苔が生えていたんです。

上田　温泉を掘った跡ですよ。

小山　そうですか。

動物園の移動のこと

小山　これもまた手紙に出てくるんですが、大仁にかかっていた動物園が下田へ移動するので、この上の街道を通ったとあるんです[30]。そのことは、どなたか覚えていますか。

杉山　私は覚えていません。仕事が多くて、通ったとしても、見には行けなかったですよ。

安藤　私は覚えています。

小山　そうですか。さぞ壮観でしたでしょうね。

安藤　ええ。象もラクダも、ゆっくりしたもので、あれでは、下田まで、一日たっぷりかかったでしょう。当時、私はまだ小学生でしたが、物珍しいもので、見に行きましたよ。たぶん、授業中でしたが、先生も一緒に見に行きましたね（笑）。

小山　屋外教育ですね（笑）。

安藤　象が二頭と、ラクダが二頭、悠々と街道を歩いていきました。

お神楽について

小山　お神楽[31]についてはどうですか。

杉山　その時分は、お神楽が一年に一度、必ず来ましたよ。主に三島から来たですね。一番長くやるのが、この辺りでは湯本館でね。皆で見に行きました。いろいろな道具の入った長持ちをかついで歩くんですよ。獅子舞いや曲乗りをやりましてね。漫才もやりました。お礼に、お米の上にお金をのせてもらってね。

斉藤 われわれには、あれが一番の楽しみでしたね。一年に一回、秋に来るんです。たいていは、稲の取り入れが終る十一月の下旬でした。

杉山 お神楽は、家々を一軒一軒まわるわけですが、ときには、お寺へ人を集めてやったり、神社でやったりもしました。

小池 総勢七人位でしたね。

全員 そうでした。

小山 その人たちは、どういう所へ泊ったのですか。

杉山 安宿でした。前の朝日屋にもよく泊っていました。

義太夫の会のこと

小山 それから、義太夫の会[32]というのがあったそうですね。

安藤 ええ、ありました。書簡をみますと、いろいろな人が集っていますね。

小山 そうですね「太夫の顔ぶれが面白い。湯本館のおやじ、あんま、思ひざしの婆、

宿の菓子屋、自転車屋」とあって、先生は「顔色の悪いおばあさんだ。」となっていま
す。

安藤　その会には私の父も行っていますが、斜向いの杉山であったんです「宿の菓子屋」というのは木村屋[33]で、「自転車屋」というのは足立多一さん、「あんま」というのは私共へも出入りしていた宗さん[34]。先生格の「顔色の悪いおばあさん」というのは大阪の人[35]で、ここには五六年しかいませんでした。湯治に来ていたんですね。湯本館の脇に住んでいました。

映画のロケーション

小山　湯ヶ島では当時、映画のロケーションなども、よく行われたようですね。

安藤　書簡には、栗島澄子の『馬車屋の娘』の撮影[36]のことがでてきますね。

小山　そうです。でて来ます。

杉山　栗島澄子はよく来ましたね。大根を洗う場面なんかの撮影を覚えています。

上田　栗島澄子はソバカスの多い人でね、逢うまではうんと美人かと思っていました

ので、がっかりしました（笑）。

小森　鈴木伝明なんかも来ましたね。

自動車事故について

小山　それから、川端康成に宛てた手紙[37]に、自動車事故というのが出て来ますが、大変だったようですね。新聞に報道されたりして。

杉山　そうでしたね。あれは自動車が三階の屋根に落ちましてね、欅の木に引っかかって止ったんです。

小山　運転した酔っぱらいというのは誰ですか。

杉山　市山の山本という人です。

小森　運転は全くできない人でね。飲んだ勢いでやったんでしょうね。

小山　あなたは、世古楼[38]の娘さんでしたね。世古楼では当時梶井なんかもお酒を飲んでいるし、そのために友人に借金したりもしているんです[39]が、運転をしたその山本という人も、あなたのところで飲んでいたお客ですか。

小森　そうです。私のところで飲んでいたんですよ。それでね、湯川屋のおかみさんには、さんざんおこられました（笑）。

杉山　凄い音がしましてね、自動車は、いまで言えば乗用車というやつでした。

小山　白動車の持主は誰ですか。

杉山　市山の古見[40]さんという人です。

安藤　この辺で、最初に自家用車[41]を持った人です。

小山　自動車は当時としてはいまでは考えられないほどの貴重品だったでしょうから問題は大きかったでしょうね。それに引換え、酔って運転をした左官屋さんは、カスリ傷一つ負わなかったそうですね。

小森　ええ。下の方からヒョコヒョコ上って来ましたよ。

杉山　この事件は新聞で報ぜられて、お正月に来たお客さんの話ですが、その家の人たちは、新聞に、自動車が屋根に落ちたと書かれてあるものだから、道路を走る自動車が家の屋根に落ちるなんて考えられないとびっくりしていた、と言うんです。湯川屋が、道端より下に崖にそって建てられているとは、そのお客さんの家の人たちは知らなかったんです（笑）。

小森　道にはいまのようにガードレールがありませんでしたからね。自動車の持主の古見さんも、私のところで飲んでいたんです。

山火事のことなど

小山　山火事[42]のことがでてくるんですが……。

小池　御料林はよく焼けましたね。

小山　そうですか。

斉藤　火事は私が消防手をやっているときに、三十二回もありました。消防が行き届いているのは、静岡県下では、遠州[43]とここだけで、湯ヶ島ではとにかくみな熱心でした。湯川屋のご主人も消防気狂[44]いでね。

上田　旦那さんがあまり消防に熱心なので、おかみさんとよく喧嘩していましたよ。湯ヶ島の方へ家でも建てればいいいって（笑）。

小池　私の父は、働き盛りを消防に捧げちゃったですね（笑）。

斉藤　湯ヶ島には当時十三部落ありましたが、各部落に消防が設置されていました。
小山　火事には敏感だったんですね。山ばかりのところですものね。
安藤　それに御料林が多かったですから。

木地屋のことなど

小山　日記に、宿の㋕(まるか)に土蔵破りが入ったという話[45]がでてきますが……。
小池　㋕というのは、㋺のことで大きなワサビ屋でして、裏の方に土蔵がありました。
小山　この話を梶井は浅田青年に聞いているんですが、この浅田という青年はどんな人ですか。
安藤　これは宿にいた浅田為夫という人で、いまでいう遊び人でね、流行の先端を行くような人でした。ハンチングなんかかむって、当時は十七歳位だったでしょうが、私らからみるともう大人に見えました。結核で亡くなったそうです。
小山　木地屋というのも出て来ますね。梶井はそこで欅のお盆や栗盆を作らせて友人に送っていますし、散歩の途中でここに寄っては話込んでいます。

斉藤　その木地屋は新宿（あらじゅく）にありました。落合楼のいまの裏口の前ですね。落合楼は、昔は、いまの裏口が正面玄関でした。

小山　梶井が話込んだ木地屋のご主人は？

上田　源（げん）さん[46]のことでしょう。背の高い人でした。

飼われていた鹿と籔熊

小山　それから、小学校に鹿が捕えられていたことがよく手紙などに出て来ます[47]が、この小学校というのは、いまの湯ヶ島町立の小学校とはちがうのでしょう？

安藤　その前身です。当時は湯ヶ島尋常高等小学校といいましたが、私もそこを出ました。先ほど斉藤仙三さんが話してくれた湯ヶ島で最初に出来た小学校です。場所はいまの町役場[48]のところです。湯ヶ島の郵便局の斜め前の、下田街道ぞいにありました。現在もそこに碑が建っています。その校庭に小鹿が飼われていました。

小山　動物が飼われていたといえば、籔熊亭[49]ですが、ここはいまでも建物だけは残っていますね。

安藤　ええ。畑山（はたけやま）というんです。街道ぞいの落合楼の、いまの正面玄関のすぐ隣りです。建物はもう廃屋同然です。

小山　あそこに、捕まえた籔熊が一頭飼われていたので、それで畑山のことを籔熊亭と梶井たちが勝手に命名したわけですが、その籔熊というのをどなたか見ましたか。

小池　籔熊って、何ですかね。

杉山　いまでいう猯（まみ）とか言うやつでしょう。狸みたいな動物で、いまでもよく山に出ますよ。

小山　いまでもいますか。

杉山　ええ。

小山　梶井はその籔熊のことを、こんなふうに書いていますよ。「それは黒みがかった褐色の毛をした、身体の平たい獣だった。身体はあまり大きくなく短い足をしてゐて、一見してあまり敏捷な獣ではなさそうに見えた。」それで、手だけが熊のようだというんです。

小池　それにしても、梶井さんは、湯ケ島については、驚くほどいろいろなことをご承知ですね。

一同　そうですね。

梶井の部屋を訪ねて来た人たち

小山　川端康成氏や宇野千代さんなんかが、梶井の部屋へ度々たずねて来ていますが、そのことはたきさんなんか、知っていましたか。

杉山　訪ねては来ましたが、すぐ皆で外へ出ていきましたね。宇野千代さんも、よく来ていましたよ。宇野さんは丸髷に結って、黒チリメンの羽織を着ていたり、お下げ髪に派手な着物を着てよく目立ちましたね。

小池　梶井さんのところへ来る人はたいてい三階の窓から入るもので[50]、私たちにはよく解らないんです。湯川屋は、いまは玄関が上にありますが、当時はいまの逆で、階下にありまして、梶井さんの居た三階より上が、いまの玄関のところになっていましたので、それで三階の窓から直接前の道へ出てしまうんですね。当時はトタン屋根でしたから、そこだけへこんでいましたよ（笑）。梶井さんのお友だちで、玄関から来る人は殆んどまれにしかいませんでした。

杉山　梶井さん自身も、三階の窓からばかり出入りしていましたよ。

小山　不精というより、玄関から出入りすると、一度下へ降りて、それからまた上へ登っていくようなことになるので、身体が大儀だったのでしょう。

安藤　そうでしょうね。

小池　それからこんなことがありました。梶井さんのお部屋の、例の出入口になっている窓のところを掃除していたときでした。そこは二段になった庭で、つつじや、しゃくなげ、庭桜など植えてありました。ふと窓が開いて、梶井さんがお顔を出し、川向うの杉林を指さし、あれは何ですか、とお聞きになったのです。私が見ますと、杉の花が散って、黄色い風になって飛んでおりました。風が吹く度に、サァーッと杉林を飛んでいく黄色い花粉[51]は、とても美しかったのです。説明しますと、きれいですねえ、と長い間見とれておられました。

梶井の健康状態などについて

小山　健康状態をいえば、ここにいたときのかれは、殆んど絶望的に悪いのですが、薬などはよく飲んでいましたか[52]。

杉山　それがね、私など全く気がつきませんでしたね。第一、身体がうんと悪いなんて、思いもしませんでしたからね。咳は時々していましたが、痰壺なんかはご自分で洗っておられましたからね。当時は、セトモノの痰壺が、各部屋に置いてありました。それは、普通ですと、私たちが洗うんですが、梶井さんにかぎって、ご自分で洗っておいででしたね。

小山　手紙をみると、血痰なんかを吐いていていますからね[53]。

上田　顔色は悪かったですね。

小山　当時の梶井は、一寸した坂道でも、すぐにこたえちゃうほど、身体が弱っていました。湯本館からここへ帰ってくるのに、道がほんの少し坂道でしょう、それで必ず落合楼のいまの裏門あたりで、ひと休みしているんですから[54]。

杉山　そういえば、お風呂を上って三階のご自分の部屋まで登っていくと、よくハアハアと肩で息をしていたのは覚えています。階段がきつかったんでしょうかね。

小山　お風呂も、日光浴も、いまの常識では、結核には一番いけないんでしょうが、それを毎日やっているんです。

小池　お風呂は、朝から入ったでしょうか。

杉山　朝起きると入っていたようですよ。下の帳場へ朝の挨拶に来るときは、必ず濡れた手拭を持っていました。

小池　そう言えばそうでしたね。

小山　煙草はよく吸っていましたか。

杉山　よく吸っていましたね。

小池　煙草はご自分で買っていらしたのじゃないかしら。買いに行かされた記憶はありませんね。

杉山　私もありません。ご自分で散歩がてらに買いに行ったのでしょう。湯川屋の前の杉山で売っていました。

小山　義太夫の会のあった？

杉山　そうです。ポストもあそこにありました。

服装のことなど

小山　かれは普段どんな服装でいましたか。

杉山　外出するときは必ず濃紺の久留米絣でしたね。夏は白い久留米絣でしたよ。ハカマはつけていませんでした。着物といえば、こんな思い出がありますよ。いつも着ているので汚れただろうと、私が羽織と一緒に、丸洗いをしてあげたことがあるんですよ。そして、梶井さんが一度家へ帰ったとき、家でその話をしたら、お母さんが、着物を丸洗いしたのかといって笑っていたと、帰って来てそんなことを言っていました。でも、感謝してくれたとみえて、これからも女中さんに世話になるからといって、帯止めをお母さんが買って、梶井さんに持たせてくれました。

小山　それはいまも持っていますか。

杉山　なくしてしまいました。

上田　いま記念に持っていたら、大変高価なものになるのにね（笑）。

杉山　そうだね（笑）。

上田　お母さんきっと、うれしかったんだよ。

お酒を飲むと歌を唄った

小山　かれは三高にいるときからお酒が好きで、よく酔って、いろいろと乱暴をはたらいていますが、ここではお酒の方はどうでしたか。酔っぱらって困ったことなんかありませんでしたか。

杉山　お酒はたまには飲みましたが、酔って悪さをすることなど、一度もありませんでしたね。

小池　お酒はご自分のお部屋で飲むというより、お友だちの方が見えると、たいてい向いの世古楼へ行って飲んでいました。

小森　私のところへはお友だちと見えました。二階の座敷でした。

小山　世古楼で騒いだりはしなかったですか。

小森　騒ぐことはありませんでしたが、よく歌なんか唄っていました。

杉山　私は梶井さんの歌なんて、聴いたことがありませんね。

小山　どんな歌でしたか。
小森　それがね、童謡というか、小学校唱歌というか、子供の歌[55]を唄うんですよ。
小山　童謡ですね。
小森　それから、梶井さんたちの飲みものは、たいていビールでしたね。日本酒はほとんど飲まれなかったですが、ビールは沢山お飲みになりましたね。お見えになるのは、たいてい夜中でした。
小山　世古楼は何時ごろまでやっていたんですか。
小森　何時でしたかね。とにかく遅くまで、時には明け方までやっていましたよ。先ほどお話に出た自動車の墜ちた事件も、夜中の二時頃ですからね。その時刻までみなさん結構飲んでいたのでしょう。梶井さん達が来ると、必ずビールが沢山あくので、それで私覚えているんですよ。でも、飲んでいる最中は、お部屋は静かでしたね。

湯ヶ島風景・今と昔

小山　ところで、湯ヶ島全体の景色というものは、当時に比べて、随分変りましたか。

小池　変るには変りましたが、それほど極端には変っていませんね。

上田　当時と比べたら、家がうんと増えましたね。旅館の数も増えましたし。とにかく当時は、この前の道なんか、夜はこわくて一人では歩けませんでしたよ。

小山　梶井の『筧の話』にも出て来ますが、吊橋を渡って、川の向うの道は、いまとちがって、鬱蒼とした杉林だったんでしょう。

上田　道も狭くてね。

小池　夜、お客さんが見えてから、宿まであの杉林を通って、お魚などを買いに行かされたこともありましたよ。こわかったですね。

上田　そんなときは、二人で固く手を握り合ったまま行きましたよ（笑）。

小山　そうですか。

小池　当時は本当に淋しかったですね。

小山　そうそう。いま一寸思い当ったんですが、さきほどの斉藤さんのお話でしたか、当時の湯ヶ島には旅館が、三軒だけしかなかったということでしたね。そうすると、落合楼で断られた梶井が湯本館へ川端さんを訪ねていき、そこで湯川屋を紹介されたというのは、沢山ある旅館のなかから特別に湯川屋を選んだというわけじゃないんですね。つまり、落合楼と湯本館が駄目なら、あとはもう、ここしかなかったわけですね。

杉山　そうです。ほかには、いまでいう旅館はなかったですからね。

上田　その頃からみると、旅館は何軒増えましたかね。

安藤　いま二〇軒です。

小山　それじゃ、随分にぎやかになってしまったわけですね。

杉山　西平（にしびら）なんか、ほとんど変っちゃったものね。

小山　やはり、それだけ時代がたってしまったわけですね。

安藤　なにせ、五〇年も前のことですからね。

小山　今日は本当に貴重なお話を、いろいろ有難うございました。

梶井基次郎について
――特に〝湯ヶ島時代〟を中心に――

小山榮雅

1

梶井基次郎は明治三十四年（一九〇一）に大阪で生れ[1]、昭和七年（一九三二）に大阪で死んだ[2]。わずかに三十一歳の生涯であった。京都の三高を経て東大へ入ったが、その文学活動は十年にも満たず、発表した作品も二十篇である。しかもすべてが短篇で、なかには原稿用紙で七・八枚の作品もある。京都三高時代から結核を病み[3]、生涯病気と闘いつづけ、独身のまま世を去った。作品の発表はすべて同人雑誌にかぎられ[4]、死の直前に完成した『のんきな患者』だけが、中央公論に載った[5]。純粋にみずからの青春を生き抜き、独自の感受性で「生」のありようを凝視したその鋭い彫琢は、作品にふれたものの心に「生きる」という事柄にかかわる様々な問を投げかけずにはおかないだろう。三島由紀夫はつぎのようなことを言っている。

「昭和初年代から十年代にかけて、いずれも業半ばにして死んだ三人の作家、梶井基次郎、中島敦、牧野信一の三人は、文豪と呼ばれるほどの大きな仕事を残したわけではないが、夜空に尾を引いて没した流星のように、純粋な、コンパクトな、硬い、個性的独創的な、それ自体十分一コの小宇宙を成し得る作品群を残したことで、いつまでも人々の記憶に、鮮烈な残像を留めている。作家の生死も宿命の関わるところで如何ともなし難いが、徒らに永生きをして、玉石混淆の厖大な全集を残すよりも、純粋な引き締った一、二巻の全集だけを残して早世した作家のほうが、作家としては倖せのようにも思われる。[6]」

生前において、いかなる作家にも劣らぬ強く逞しい作家精神をつらぬき通しつつも、世間的には殆んど無名で終った梶井基次郎は、昭和二年（一九二七）から翌昭和三年（一九二八）にかけての、約一ヶ年半を、伊豆湯ヶ島温泉世古の滝湯川屋で過した。かれの二十七歳のときのことである。

2

梶井基次郎の文学活動を、その地域性にしたがって大別すると、おおよそつぎの四つに別けられる。一つは京都時代、二つは東京時代、三つは湯ヶ島時代、そして四つが大阪時代である。

このうち〝京都時代〟は、いわゆる三高時代で、大正八年（一九一九）九月から大正十三年（一九二四）三月までの、五年間に相当する。十九歳から二十四歳までのことで、この間にかれは酒をおぼえ、[7]遊里に上り、[8]学業を半ば放擲し、[9]吹き荒れる青春の撹乱に身をさらし、文学へと走った。三高へは理科を学ぶために入学した[10]のにもかかわらず、泥酔と彷徨のくり返しの日々のなかで、文学へのつよい関心を示すのである。[11]この間に残された大学ノオトには、青春の混濁と渋滞とが、生々しい数多くの言葉で書きつけられているが、どれもみな習作の域を出ていない。[12]京都時代が五年かかっているのは、二度落第をしているからである。[13]

つぎに、〝東京時代〟であるが、これは大正十三年（一九二四）四月から大正十五年（一九二六）十二月までの、約三年間に当る。三高をかろうじて卒業できたかれは、直ちに東大の英文科に入学し、上京した。[14] 共に三高から東大へとすすんだ友人たちと計り、同人雑誌「青空」をはじめる。同人は中谷孝雄、外村繁、稲森宗太郎らであったが、のちに三好達治、北川冬彦、淀野隆三、飯島正、阿部知二らが加わった。[15] かれは同人の中心的人物であり、毎夜、寝床のなかで「俺は天才だぞ。」と必ず三度繰返し自分に言い聞かせるほどの熱心さで文学に励んだが、[16] 京都時代に病んだ結核は、日を追うごとに悪化して、文筆活動も思うに任せなかった。それでも、『檸檬』『城のある町にて』『泥濘（でいねい）』『路上』『橡（とち）の花』『過去』『雪後』『ある心の風景』『Kの昇天』『冬の日』と、いずれも短篇ながら、十篇の作品を「青空」に発表している。この間、〝新潮〟より執筆依頼があったが、[17] 激しい疲労と酷暑にあえぎ、ついに作品を完成させることができなかった。病状は思わしくなく、発熱の日々がつづき、血痰を見るようになった。冬の下宿住いの一室で、[18] かれは転地を決意し、東大中退を覚悟で東京を離れ、伊豆の湯ヶ島温泉へ向う。しかしながら、皮肉にも、その療養先きは、湯治場とはいえ、湿気が強く、結核には不向きな土地柄であった。

つづく〝湯ヶ島時代〟は、昭和二年（一九二七）一月より翌昭和三年（一九二八）五月までの約一ヶ年半であるが、その頃ちょうど来湯し〝湯本館〟に滞在していた川端康成の紹介で〝湯川屋〟に逗留し、青春の名残りともいうべき日々を過すのである。かれはここで数人の文学者と出逢った。川端康成、広津和郎、萩原朔太郎、尾崎士郎、宇野千代の諸氏である。かれがその短い生涯において知り得た作家は、ほぼこの五人に限られる。目的は病気療養であったにもかかわらず、病状は少しも良くはならなかった。出来上った作品も、『桜の樹の下には』『器楽的幻覚』『蒼穹』『筧の話』『冬の蠅』の五篇にすぎない。[19] 孤独な生活のなかで、それとなく未来に不安を感じはじめている。病状の悪化と生活自立への苦悩に責め立てられて湯ヶ島を離れたかれは、その後暫らくは東京にとどまったが、それも束の間で、ついに大阪へ帰り、[20] 以後東京へ出ることはなかった。この東京でのわずかの期間に、作品としては、『ある崖上の感情』を残した。[21] プロレタリヤ文学の隆盛期にあって、大方は黙殺したが、唯一人舟橋聖一だけが「空の空なる恍惚萬歳」と激賞した。

〝大阪時代〟は、殆んど臥床の日々であったと言ってよいだろう。苦しみに耐えて作品の構想を練りながら、虚しい日々を送る。『愛撫』を書き、思いは湯ヶ島へ走り、『闇の絵巻』『交尾』を完成させた。昭和六年（一九三一）五月、友人の淀野隆三の奔走により、創作集『檸檬』を刊行。[22] これが唯一の創作集となった。かれはそれを多くの人々に献本した。なかでも、かれがその文学的生涯において最も尊敬した志賀直哉に、熱い思いをこめて贈っている。しかし、志賀直哉からは、何の返事もない。勿論、面識があるわけではなかったが、直哉の作品を原稿用紙に写しかえて文章の呼吸を勉強したかれにしてみれば、それは淋しいことだったであろう。その志賀直哉は、後年、かれのこの創作集を読んで、驚嘆するのである。

「いつだったか、ふと、梶井基次郎という作家を知っているかね、と志賀さんがいうので、「最近死んだ梶井でしょう。あれなら私と同窓ですよ」というと、志賀さんはすっかりおどろいた。

「じつはね、その人の作品集を前にもらっていたのだが、ぼくはあまり本を読まないからね。これもほったらかしておいたのだ。ところがこのあいだ、大掃除で、ぼくは掃除はしないから、部屋にとじこめられていた。すると、梶井の本がある。退屈しのぎに取り上げて一つ読んでみると、とてもうまい。みんな読んでしまったが、どれもすばらしい。それできみにすすめようと思っていたのだ。」

それはほんとに残念なことだった。梶井は志賀さんを文学の最高のモデルと考えていた。もし彼が生きているうちに、志賀さんから一枚のはがきでももらったら、どんなに勇気づけられたかわからない。私は彼の窮状を三好から聞いてよく知っていたので、それをつたえると、志賀さんは、ほんとに悪いことをした、という意味のことを顔をくもらせて言った。[23]

創作集『檸檬』は、それでも一部で非常な評判をよんだ。その頃、最も尖鋭的であった若き評論家井上良雄は、すぐさまこれを取り上げて、「一顆の香高い檸檬を思はせる様な氏の作品は、近代といふ名で呼ばれる一切のものが免がれない感性の荒廃、滅裂、不健康の陰を、微塵も映してゐない。」と賞讃した。[24] この反響が中央公論を動かし、かれに作品の注文が来る。かれは、みずからの「死」を前にした想像を絶する情況のなかで、自殺同様の執筆行為を繰り返し、[25] やっとの思いで『のんきな患者』を完成させるのである。しかし、かれの生命はそこまでであった。昭和七年（一九三二）

三月、肺結核のために、わずか三十一歳の短かい生涯を閉じた。

3

湯ヶ島へ来る直前の梶井基次郎の健康状態は、まったく絶望的なものであった。下宿が芝（現在港区）の飯倉片町にあった関係で、坂道が多く、息が切れた。微熱がつづき、血痰を見ることが度々であった。[26] また、東大の卒業論文の締切りも近く、見通しは少しも立っていなかった。このまま小説を書きつづけていても、文学で身を立てるまでに至るかどうかも解らない。両親、特に母親の愛情に応えるべき何ものもなしえていないのである。

冬が迫っていた。卒論を断念することは、東大中退を意味している。かれはもう二十七歳になろうとしていた。或る夜、喀血をした。その血をコップに吐いて、隣室の三好達治に、うまそうなぶどう酒だろう、と電灯に透して見せた。[27] 苦悩とやけくそが捻転する冬の日、かれはついに、健康回復を願って、転地を決意するのである。

パンフレットを取り寄せ、候補地を探しているうちに、東京の近辺では伊豆が温暖の地であることを知った。

昭和元年（一九二六）大晦日、品川駅を発ったかれは、夕刻修善寺駅へ着いた。しかし、伊豆とはいえ、そこは海辺とちがって、決してかれの思うような暖かい土地柄ではなかった。バスに乗り、土肥（とい）へ行こうか、吉奈（よしな）にしようか迷っているうちに、湯ヶ島へ来てしまった。この辺りで一番繁昌している〝落合楼〟へ泊ったが、長逗留は断られた。困ったかれは、近くの〝湯本館〟に川端康成が宿泊しているのを確かめて、初対面ながら訪ねていくのである。川端氏は碁の本を読んでいた。窮状を話すと、居合わせた板前の久（きゅう）さんに言いつけて、〝湯川屋〟を世話してくれた。[28] こうして、昭和二年（一九二七）一月一日より、梶井基次郎の湯川屋逗留がはじまるのである。

湯川屋は、谷底から崖っぷちにそって建てられた三階屋である。昼といわず、夜といわず、川瀬の音がやかましい。[29] 今日から、かれは、友人たちからも離れて、独りぽっちである。むやみに淋しい。宿の隣りの川の脇に、共同湯があった。夜、床のなかで独り瀬の音に聞き入っていると、身体の不調を伝えるかのように、悪寒が来た。身体を癒さねばならぬ。床を抜け出し、階段を下りて、共同湯へ入り、身体を暖める。

身体がなぜ早くよくなってくれないのか。湯を出て三階の自分の部屋まで上ると、息が切れた。身体はよくなっていない。暗澹たる気持が、かれを一層絶望の淵へと追いやるのである。

一週間もすると、気持もだいぶ落着いてきた。川端康成を殆んど毎日のように訪ね、『伊豆の踊子』の校正なども手伝ったりした。[30] 淋しさをまぎらわすために、友人たちへしきりと便りを書く。湯ヶ島の一年半の滞在中にかれの出した便りは、現在残っているものだけでも、八十通の多きに達している。もちろん紛失したものも半数以上あるだろうから、その数は大変なものである。みずからの創作力を減退させまいとする必死の努力とともに、かれの孤独の様相が、この異常な数からも察せられる。便りでは、お茶や菓子の類を、甘えるように注文した。[31] 山間の寂びた温泉郷では、うまいお茶も上等な菓子も、ともに手には入らない。それでなくとも、かれは人一倍贅沢を好む人間だった。東京にいたときは、毎朝かならずパーコレーターで上等のコーヒーを沸かし、チーズを食べ、着物は上等の久留米絣、時計はウォルサムの懐中時計、原稿用紙は丸善、何から何まで上等なものでないと気に入らないかれが、湯ヶ島ではフランス製のウビガンの香水を使っていたと、後年、宇野千代は語っている。[32]
春になった。身体はほとんど七度前後の熱がとれない。食欲も不振の日々がつづいた。しかし、気候が暖かくなるにつれて、次第に気持も平静になり、元気も出てきた。下の猫越川（ねっこ）へおりて、河鹿の鳴き声に聞き入り、交尾を目撃したりする。桜も咲きはじめた。変な幻覚が起る。桜の樹の下には屍体が埋まっている！――爽快な幻想だった。
同人雑誌「青空」の運営があやぶまれてきた。湯ヶ島にいては、直接同人たちの相談にのることができない。手紙でいろいろと指示をするが、思うにまかせず、「青空」は多数の返本をかかえたまま、六月に休刊となり、つぶれた。[33]かれには、作品を発表する機関がとざされてしまった。よいものを書こうとしきりに心を鞭打っても、気持は苛立つばかりで、いっこうに前へはすすまない。生活の自立が頭を掠める。たとえ病身とはいえ、二十七歳にもなって、いまだに親の期待に応えることができず、独り温泉につかっている自分を考えると、胸苦しくなった。家は決して裕福ではない。父親はとっくに定年退職し、母親が細々と小間物屋をひらき、弟がラジオ屋をやって、収入を得ている――そのなかから、母親がかれに、毎月七十円を送ってくれるのである。

湯川屋の宿泊費は一日二円だったから一ト月で六十円ということになる。残りの十円がかれの小遣いである。何とか自分の力で生活費を工面しなければならぬ。少年少女小説でも書いて、どこかへ売り込もうか[34]。そんな苦悩にせめ立てられると、かれはふっと「ぼんやりとした不安」を感じたりするのである。

　夏になると、いろいろな人が来湯した。なかでも、川端康成の勧めでやって来た尾崎士郎、宇野千代、それに萩原朔太郎や広津和郎らを、かれは知った。みなかれの文学を認めてくれた。かれは勇気を得た。やがて萩原氏らは東京へと帰っていったが、宇野千代だけは残った。宇野氏は評判の美人だった。たちまちこの狭い湯泉郷での人気者になった。梶井もまた宇野氏に惹かれた。宇野氏の方も梶井の作品を「青空」で読み、心うたれ、歳下のかれへ尊敬の念をあらわしていた。宇野氏は湯ヶ島の風土を気に入った。この年、何度も湯ヶ島に来ている。そのたびに、かれは宇野氏の常宿である湯本館を訪ねた。長っ尻であった。夜十二時を過ぎても帰らない。美しい宇野千代と逢って話すことが、かれにとっては、淋しい孤独な生活を癒す貴重な青春の刻と重なったのである。やがて噂が立った。馬鹿気た噂だった。しかし、それが、夫婦であった尾崎士郎と宇野千代の離婚の遠因につながった。[35] かれは暗い気持になった。

十月、かれは宇野千代、三好達治の二人の帰京にあわせて、いったん大阪へ帰った。京大の医学部で病気の具合を診断してもらうためであった。結果はおもわしくなかった。[36] もう一度湯ヶ島に戻って、養生のやり直しである。大阪でかれは、老いた両親を見た。心が締めつけられた。湯ヶ島に帰って創作に励むより道はなかった。[37] 書かねばならぬのである。病気の悪化に眼をつむっても、傑作を書かねばならぬ。毎日、書き損じの原稿用紙がクズ篭を埋めた。努力はむくわれ、『筧の話』と『器楽的幻覚』ができた。ともに原稿用紙にして十枚に充たない作品である。さっそく東京の萩原朔太郎へ雑誌掲載を託して送った。それらの作品は翌年になって「近代風景」へ載ることとなる。しかし、稿料は一銭も入ってはこない。書いてもそれがすぐに生活の自立へと結びつかないのである。苛立ちが来た。季節はもうすぐ冬である。湯ヶ島の山は紅葉をはじめた。生きることへの不安が、胸をつき上げてくる。

十一月一日の午後、[38] かれは街道ぞいにある村の郵便局まで、手紙を出しに出掛けた。懐にある友人宛の手紙[39]に書いたばかりの、「身体がわるく、食ふことも考へたり、これからの芸術のことを考へたりしてゐると芥川ではないが漠然とした不安を感じる。」という言葉が、妙に胸を締めつけてくる。芥川龍之介は、この七月二十四日未明、「何か僕の将来に対するぼんやりした不安」とみずからの自殺の動機を述べて、ベロナールを多量に飲み自死を遂げたばかりである。三十六歳であった。新聞やラジオでセンセーショナルに報道されたその余韻と、芥川の自殺そのものを文学者の必死の生きざまとして、それが敗北であろうと何であろうと、自分のいま背負っている情況との接合を軸に考えずにはいられなかった或種の衝撃とが、このときのかれの心理を、微妙に揺さぶっていただろう。丁度そこへ、下田行きのバスが通りかかった。宿へ帰るはずのかれは、ひょいと手を上げて、それに乗りこんでしまうのである。

かれは「意志の中ぶらり」を感じながら、バスに揺られていた。何処で降りようか。夕闇が迫っている。バスは天城トンネルを越えた。このまま乗っていれば、終点の下田まで行ってしまう。かれは疲労を感じていた。降りようか降りまいか迷った挙句、トンネルを過ぎてしばらく行った山中で、車を止めた。人里離れた落葉の山道だった。バスはかれをそこへ残したまま遠ざかっていく。しばらくすると、あたりは静まり返った。かれはこの水を打ったような静寂のなかを、独りで歩きはじめた。身体は発熱のために、ほてっていた。悪寒が襲ってくるのかも知れぬ。寒さが次第にしみ入ってきた。闇が下りた。つけたばかりの煙草の火が、孤独な明りを保っている。辺りに灯火は見えなかった。凍てついた周囲の闇のなかで、いくら歩いても身体は温かくはならない。「何という苦い絶望した風景だろう。」とかれは思った。そのなかをいま自分は歩いている。この酷寒の闇を、どこまで歩き通せるのか。身体はたちまち疲労で重くなった。かれは残酷な調子で、自分を鞭打った。歩け。歩け。歩き殺してしまえ！

　このときのかれは、湯ヶ野温泉までの三里の道のりを歩きとうしている。[40] なぜ、かれがこのような行為をとったのかいまでも「謎」であるが、みずからの青春に於る未来への希望と絶望とが、焦慮と苛立ちとの苦々しいからみ合いのなかで、不定に動きまわるそのやり切れなさに、じかにつき合わねばならなかったかれにしてみれば、このとき自死への誘惑が全く働いていなかったとは言い切れない。帰湯して、四五日臥床した。冬をどうのり切っていくか——健康回復のメドも、作家として収入を得るメドも、ともに全くついていないのである。

年が明けた。身体は依然として絶望的な兆候に充たされている。熱がどうしても去らないのである。一月、熱海に川端康成を訪ね、そのまま上京し、馬込村（現在大田区）で尾崎、宇野、広津、萩原の諸氏と再会する。一週間ほどいて帰湯したが、つづいて三好、淀野、清水蓼作らの友人が来湯し、疲労困憊する。かれらが帰るとたちまち発熱し、臥床の日々を送った。気分がすぐれると、日光浴と入浴の繰り返しである。それがかれの健康回復への唯一の努力ではあったが、結果的には逆にかれの身体を痛めつけることになった。

小康を得ると、創作にとりかかる。「生命が続き、飢えないだけの食物さへ出来れば、必ず世界が開けて行くにちがひない。[41]」と心に念じつつ、必死の思いで創作をつづけた。二月から四月にかけて、『蒼穹』ができ、『桜の樹の下には』ができ、昨秋の天城越えを題材にした『冬の蠅』ができた。しかし、そこからも稿料を得ることはできなかった。このまま湯ヶ島にいるより、とにかくもう一度東京へ出て、今度は本所深川あたりの貧民街にでも住みつき、社会の最も面白く活気にあふれた部分と接触してみたい。[42]身体のことなど、もう考えている余裕すらなかった。このまま大阪へ引きこもってしまえば、生命も、創作も終りとなる。かれは、焦慮のすえ、強引に上京を決意した。[43]昭和三年（一九二八）五月、約一ヶ年半滞在した湯ヶ島を、かれは去った。未来に希望があるわけではなかった。しかし、結核がいくら絶望的な段階に達しようとも、みずからの青春に課した文学を、かれには捨て切れることができなかった……。

4

梶井基次郎の〝湯ヶ島時代〟は、いってみれば、青春の残り火のなかで、みずからの存在を徹底して問いつめていく焦燥と情熱の時間に、すっぽりとくるまっている。みずからの存在の、のるかそるかを、文学的力量において、全的に背負い切れるか、という重い問いに責めたてられつづけた一年半であったと言いかえてもよい。希望も絶望もひっくるめて、存在そのものを未知の闇の空間へ転がし切れるかどうかを、みずからに問いつづけた苦悩の時代だったのである。

結局は、かれの存在は、湯ヶ島において、「死」の方角へと、どんどん傾いていった。その息苦しい屈辱に耐え、文学を唯一の精神の自治圏としてみずからに課し、寄る辺ない青春のたゆといのなかで、希望と名のつくものの一切を、剝ぎ取られていった。みずからの「死」をまのあたりにおぼろげに感触できたかれが、全精力を、健康回復へとかけることを拒み、自己存在のすべてを文学へ注ぎこもうとしたそのラジカルな精神の回流は、かれへ確実に「死」をもたらした。しかし、かれが孤独のうちに耐え切った青春の眩しい内実は、真新しい感情をともなって、われわれの存在の根源を、つねに問いつづけてくるのである。

IV

※収録作品は、より多くの方に梶井作品を楽しんでもらうため、底本「梶井基次郎全集　第一巻」（平成11年　筑摩書房）より以下の変更を加えた。

・文字は原則として通行の字体を使用した。

・仮名遣いは現代仮名遣いを用いた。

・特別な読みをする漢字や難読漢字には振り仮名を付した。

蒼穹

ある晩春の午後、私は村の街道に沿った土堤の上で日を浴びていた。空にはながらく動かないでいる巨(おお)きな雲があった。その雲はその地球に面した側に藤紫色をした陰翳(いんえい)を持っていた。そしてその尨大(ぼうだい)な容積やその藤紫色をした陰翳はなにかしら茫漠(ぼうばく)とした悲哀をその雲に感じさせた。

私の坐っているところはこの村でも一番広いとされている平地の縁(へり)に当っていた。山と渓(たに)とがその大方の眺めであるこの村では、どこを眺めるにも勾配のついた地勢でないものはなかった。風景は絶えず重力の法則に脅かされていた。そのうえ光と影の移り変わりは渓間にいる人に始終慌(あわただ)しい感情を与えていた。そうした村のなかでは、渓間からは高く一日日の当るこの平地の眺めほど心を休めるものはなかった。私にとってはその終日日に倦(あ)いた眺めが悲しいまでノスタルジックだった。Lotus-eater の住んでいるといういつも午後ばかりの国——それが私には想像された。

雲はその平地の向うの果である雑木山の上に横たわっていた。雑木山では絶えず杜鵑（ほととぎす）が鳴いていた。その麓（ふもと）に水車が光っているばかりで、眼に見えて動くものはなく、うらうらと晩春の日が照り渡っている野山には静かな懶（ものう）さばかりが感じられた。そして雲はなにかそうした安逸の非運を悲しんでいるかのように思われるのだった。

　私は眼を渓の方の眺めへ移した。私の眼の下ではこの半島の中心の山彙（さんい）からわけ出て来た二つの渓が落合っていた。二つの渓の間へ楔子（くさび）のように立っている山と、前方を屏風（びょうぶ）のように塞（ふさ）いでいる山との間には、一つの渓をその上流へかけて十二単衣（ひとえ）のような山褶（やまひだ）が交互に重なっていた。そしてその涯（はて）には一本の巨大な枯木をその巓（いただき）に持っている、そしてそのためにことさら感情を高めて見える一つの山が聳（そび）えていた。日は毎日二つの渓を渡ってその山へ落ちてゆくのだったが、午後早い日は今やっと一つの渓を渡ったばかりで、渓と渓との間に立っている山のこちら側が死のような影に安らっているのがことさら眼立っていた。三月の半ば頃私はよく山を被（おお）った杉林から山火事のような煙が起こるのを見た。それは日のよくあたる風の吹く、ほどよい湿度と温度が幸いする日、杉林が一斉に飛ばす花粉の煙であった。しかし今すでに受精を終わった杉林の上には褐色がかった落ちつきができていた。瓦斯(ガス)体のような若芽に煙っていた欅(けやき)や楢(なら)の緑にももう初夏らしい落ちつきがあった。闌(た)けた若葉がおのおの影を持ち瓦斯体のような夢はもうなかった。ただ渓間にむくむくと茂っている椎(しい)の樹が何回目かの発芽で黄(き)な粉(こ)をまぶしたようになっていた。

そんな風景のうえを遊んでいた私の眼は、二つの渓をへだてた杉山の上から青空の透いて見えるほど淡い雲が絶えず湧いて来るのを見たとき、不知不識(しらずしらず)そのなかへ吸い込まれて行った。湧き出て来る雲は見る見る日に輝いた巨大な姿を空のなかへ拡げるのであった。

それは一方からの尽きない生成とともにゆっくり旋回していた。また一方では捲きあがって行った縁(へり)が絶えず青空のなかへ消え込むのだった。こうした雲の変化ほど見る人の心に言い知れぬ深い感情を喚(よ)び起こすものはない。その変化を見極めようとする眼はいつもその尽きない生成と消滅のなかへ溺(おぼ)れ込んでしまい、ただそればかりを繰り返しているうちに、不思議な恐怖に似た感情がだんだん胸へ昂(たか)まって来る。その感情は喉(のど)を詰らせるようになって来、身体からは平衡の感じがだんだん失われて来、もしそんな状態が長く続けば、そのある極点から、自分の身体は奈落のようなもののなかへ落ちてゆくのではないかと思われる。それも花火に仕掛けられた紙人形のように、身体のあらゆる部分から力を失って。――

私の眼はだんだん雲との距離を絶して、そう言った感情のなかへ巻き込まれていった。そのとき私はふとある不思議な現象に眼をとめたのである。それは雲の湧いて出るところが、影になった杉山のすぐ上からではなく、そこからかなりの距り（へだたり）を持ったところにあったことであった。そこへ来てはじめて薄り（うっすり）見えはじめる。それから見る見る巨きな姿をあらわす。――

私は空のなかに見えない山のようなものがあるのではないかというような不思議な気持に捕えられた。そのとき私の心をふとかすめたものがあった。それはこの村でのある闇夜の経験であった。

その夜私は提灯（ちょうちん）も持たないで闇の街道を歩いていた。それは途中にただ一軒の人家しかない、そしてその家の燈（ひ）がちょうど戸の節穴から写る戸外の風景のように見えている、大きな闇のなかであった。街道へその家の燈が光を投げている。そのなかへ突然姿をあらわした人影があった。おそらくそれは私と同じように提灯を持たないで歩いていた村人だったのであろう。私は別にその人影を怪しいと思ったのではなかった。しかし私はなんということなく凝っと、その人影が闇のなかへ消えてゆくのを眺めていたのである。その人影は背に負った光をだんだん失いながら消えていった。網膜だけの感じになり、闇のなかの想像になり——ついにはその想像もふっつり断ち切れてしまった。そのとき私は『何処』というもののない闇に微かな戦慄を感じた。その闇のなかへ同じような絶望的な順序で消えてゆく私自身を想像し、言い知れぬ恐怖と情熱を覚えたのである。——

その記憶が私の心をかすめたとき、突然私は悟った。雲が湧き立っては消えてゆく空のなかにあったものは、見えない山のようなものでもなく、不思議な岬のようなものでもなく、なんという虚無！　白日の闇が満ち充ちているのだということを。私の眼は一時に視力を弱めたかのように、私は大きな不幸を感じた。濃い藍色に煙りあがったこの季節の空は、そのとき、見れば見るほどただ闇としか私には感覚できなかったのである。

筧の話

私は散歩に出るのに二つの路を持っていた。一つは渓に沿った街道で、もう一つは街道の傍から渓に懸った吊橋を渡って入ってゆく山径だった。街道は展望を持っていたがそんな道の性質として気が散り易かった。それに比べて山径の方は陰気ではあったが心を静かにした。どちらへ出るかはその日その日の気持が決めた。

しかし、いま私の話は静かな山径の方をえらばなければならない。

吊橋を渡ったところから径は杉林のなかへ入ってゆく。杉の梢が日を遮り、この径にはいつも冷たい湿っぽさがあった。ゴチック建築のなかを辿ってゆくときのような、犇ひしと迫って来る静寂と孤独とが感じられた。私の眼はひとりでに下へ落ちた。径の傍らには種々の実生や蘚苔、羊歯の類がはえていた。この径ではそういった矮小な自然がなんとなく親しく――彼らが陰湿な会話をはじめるお伽噺のなかでのように、眺められた。また径の縁には赤土の露出が雨滴にたたかれて、ちょうど風化作用に骨立った岩石そっくりの恰好になっているところがあった。その削り立った峰の頂(いただき)にはみな一つ宛小石が載っかっていた。ここへは、しかし、日がまったく射して来ないのではなかった。梢の隙間を洩れて来る日光が、径のそこここや杉の幹へ、蝋燭(ろうそく)で照らしたような弱い日なたを作っていた。歩いてゆく私の頭の影や肩先の影がそんななかへ現われては消えた。なかには「まさかこれまでが」と思うほど淡いのが草の葉などに染まっていた。試しに杖をあげて見るとささくれまでがはっきりと写った。

この径を知ってから間もなくの頃、ある期待のために心を緊張させながら、私はこの静けさのなかをことにしばしば歩いた。私が目ざしてゆくのは杉林の間からいつも氷室(ひむろ)から来るような冷気が径へ通っているところだった。一本の古びた筧(かけい)がその奥の小暗いなかからおりて来ていた。耳を澄まして聴くと、幽(かす)かなせせらぎの音がそのなかにきこえた。私の期待はその水音だった。

どうしたわけで私の心がそんなものに惹(ひ)きつけられるのか。心がわけても静かだったある日、それを聞き澄ましていた私の耳がふとそのなかに不思議な魅惑がこもっているのを知ったのである。その後追いおいに気づいていったことなのであるが、この美しい水音を聴いていると、その辺りの風景のなかに変な錯誤が感じられて来るのであった。香もなく花も貧しいのぎ蘭がそのところどころに生えているばかりで、杉の根方はどこも暗く湿っぽかった。そして筧といえばやはりあたりと一帯の古び朽ちたものをその間に横たえているに過ぎないのだった。「そのなかからだ」と私の理性が信じていても、澄み透った水音にしばらく耳を傾けていると、聴覚と視覚との統一はすぐばらばらになってしまって、変な錯誤の感じとともに、訝かしい魅惑が私の心を充たして来るのだった。

　私はそれによく似た感情を、露草の青い花を眼にするとき経験することがある。草叢の緑とまぎれやすいその青は不思議な惑わしを持っている。私はそれを、露草の花が青空や海と共通の色を持っているところから起る一種の錯覚だと快く信じているのであるが、見えない水音の醸し出す魅惑はそれにどこか似通っていた。

　すばしこく枝移りする小鳥のような不定さは私をいらだたせた。蜃気楼のようなはかなさは私を切なくした。そして深秘はだんだん深まってゆくのだった。私に課せられている暗鬱な周囲のなかで、やがてそれは幻聴のように鳴りはじめた。束の間の閃光が私の生命を輝かす。そのたび私はあっあっと思った。それは、しかし、無限の生命に眩惑されるためではなかった。私は深い絶望をまのあたりに見なければならなかったのである。何という錯誤だろう！　私は物体が二つに見える酔っ払いのように、同じ現実から二つの表象を見なければならなかったのだ。しかもその一方は理想の光に輝かされ、もう一方は暗黒の絶望を背負っていた。そしてそれらは私がはっきりと見ようとする途端一つに重なって、またもとの退屈な現実に帰ってしまうのだった。

筧は雨がしばらく降らないと水が涸れてしまう。また私の耳も日によってはまるっきり無感覚のことがあった。そして花の盛りが過ぎてゆくのと同じように、いつの頃からか筧にはその深秘がなくなってしまい、私ももうその傍に佇むことをしなくなった。しかし私はこの山径を散歩しそこを通りかかるたびに自分の宿命について次のようなことを考えないではいられなかった。

「課せられているのは永遠の退屈だ。生の幻影は絶望と重なっている」

桜の樹の下には

桜の樹の下には屍体が埋まっている！

これは信じていいことなんだよ。何故って、桜の花があんなにも見事に咲くなんて信じられないことじゃないか。俺はあの美しさが信じられないので、この二三日不安だった。しかしいま、やっとわかるときが来た。桜の樹の下には屍体が埋まっている。これは信じていいことだ。

どうして俺が毎晩家へ帰って来る道で、俺の部屋の数ある道具のうちの、選りに選ってちっぽけな薄っぺらいもの、安全剃刀の刃なんぞが、千里眼のように思い浮かんで来るのか——おまえはそれがわからないと言ったが——そして俺にもやはりそれがわからないのだが——それもこれもやっぱり同じようなことにちがいない。

いったいどんな樹の花でも、いわゆる真っ盛りという状態に達すると、あたりの空気のなかへ一種神秘な雰囲気を撒き散らすものだ。それは、よく廻った独楽（こま）が完全な静止に澄むように、また、音楽の上手な演奏がきまってなにかの幻覚を伴うように、灼熱（しゃくねつ）した生殖の幻覚させる後光のようなものだ。それは人の心を撲（う）たずにはおかない、不思議な、生き生きとした、美しさだ。

しかし、昨日、一昨日、俺の心をひどく陰気にしたものもそれなのだ。俺にはその美しさがなにか信じられないもののような気がした。俺は反対に不安になり、憂鬱（ゆううつ）になり、空虚な気持になった。しかし、俺はいまやっとわかった。

おまえ、この爛漫（らんまん）と咲き乱れている桜の樹の下へ、一つ一つ屍体が埋まっていると想像してみるがいい。何が俺をそんなに不安にしていたかがおまえには納得がいくだろう。

馬のような屍体、犬猫のような屍体、そして人間のような屍体、屍体はみな腐爛（ふらん）して蛆（うじ）が湧き、堪（たま）らなく臭い。それでいて水晶のような液をたらたらとたらしている。

桜の根は貪婪(どんらん)な蛸(たこ)のように、それを抱きかかえ、いそぎんちゃくの食糸のような毛根を聚(あつ)めて、その液体を吸っている。

何があんな花弁を作り、何があんな蕊(しべ)を作っているのか、俺は毛根の吸いあげる水晶のような液が、静かな行列を作って、維管束のなかを夢のようにあがってゆくのが見えるようだ。

――おまえは何をそう苦しそうな顔をしているのだ。美しい透視術じゃないか。俺はいまようやく瞳(ひとみ)を据えて桜の花が見られるようになったのだ。昨日、一昨日、俺を不安がらせた神秘から自由になったのだ。

二三日前、俺は、ここの渓へ下りて、石の上を伝い歩きしていた。水のしぶきのなかからは、あちらからもこちらからも、薄羽かげろうがアフロディットのように生まれて来て、渓の空をめがけて舞い上がってゆくのが見えた。おまえも知っているとおり、彼らはそこで美しい結婚をするのだ。しばらく歩いていると、俺は変なものに出(で)喰(く)わした。それは渓の水が乾いた磧(かわら)へ、小さい水溜を残している、その水のなかだった。思いがけない石油を流したような光彩が、一面に浮いているのだ。おまえはそれを何だったと思う。それは何万匹とも数の知れない、薄羽かげろうの屍体だったのだ。隙間なく水の面を被っている、彼らのかさなりあった翅が、光にちぢれて油のような光彩を流しているのだ。そこが、産卵を終わった彼らの墓場だったのだ。

俺はそれを見たとき、胸が衝かれるような気がした。墓場を発いて屍体を嗜む変質者のような残忍なよろこびを俺は味わった。

この渓間ではなにも俺をよろこばすものはない。鶯や四十雀も、白い日光をさ青に煙らせている木の若芽も、ただそれだけでは、もうろうとした心象に過ぎない。俺には惨劇が必要なんだ。その平衡があって、はじめて俺の心象は明確になって来る。俺の心は悪鬼のように憂鬱に渇いている。俺の心に憂鬱が完成するときにばかり、俺の心は和んでくる。

――おまえは腋の下を拭いているね。冷汗が出るのか。それは俺も同じことだ。何もそれを不愉快がることはない。べたべたとまるで精液のようだと思ってごらん。それで俺達の憂鬱は完成するのだ。

ああ、桜の樹の下には屍体が埋まっている！

いったいどこから浮かんで来た空想かさっぱり見当のつかない屍体が、いまはまるで桜の樹と一つになって、どんなに頭を振っても離れてゆこうとはしない。

今こそ俺は、あの桜の樹の下で酒宴をひらいている村人たちと同じ権利で、花見の酒が呑めそうな気がする。

闇の絵巻

最近東京を騒がした有名な強盗が捕まって語ったところによると、彼は何も見えない闇の中でも、一本の棒さえあれば何里でも走ることができるという。その棒を身体の前へ突き出し突き出しして、畑でもなんでも盲滅法に走るのだそうである。

私はこの記事を新聞で読んだとき、そぞろに爽快な戦慄を禁じることができなかった。

闇！　そのなかではわれわれは何を見ることもできない。より深い暗黒が、いつも絶えない波動で刻々と周囲に迫って来る。こんななかでは思考することさえできない。何が在るかわからないところへ、どうして踏み込んでゆくことができよう。勿論われわれは摺足でもして進むほかはないだろう。しかしそれは苦渋や不安や恐怖の感情で一ぱいになった一歩だ。その一歩を敢然と踏み出すためには、われわれは悪魔を呼ばなければならないだろう。裸足で薊を踏んづける！　その絶望への情熱がなくてはならないのである。
闇のなかでは、しかし、もしわれわれがそうした意志を捨ててしまうなら、なんという深い安堵がわれわれを包んでくれるだろう。この感情を思い浮かべるためには、われわれが都会で経験する停電を思い出してみればいい。停電して部屋が真暗になってしまうと、われわれは最初なんともいえない不快な気持になる。しかしちょっと気を変えて呑気でいてやれと思うと同時に、その暗闇は電燈の下では味わうことのできない爽やかな安息に変化してしまう。

深い闇のなかで味わうこの安息はいったいなにを意味しているのだろう。今は誰の眼からも隠れてしまった——今は巨大な闇と一如になってしまった——それがこの感情なのだろうか。

私はながい間ある山間の療養地に暮らしていた。私はそこで闇を愛することを覚えた。昼間は金毛の兎が遊んでいるように見える渓向こうの枯萱山が、夜になると黒ぐろとした畏怖に変わった。昼間気のつかなかった樹木が異形な姿を空に現わした。夜の外出には提灯を持ってゆかなければならない。——月夜というものは提灯の要らない夜ということを意味するのだ。——こうした発見は都会から不意に山間へ行ったものの闇を知る第一階梯である。

私は好んで闇のなかへ出かけた。渓ぎわの大きな椎の木の下に立って遠い街道の孤独の電燈を眺めた。深い闇のなかから遠い小さな光を眺めるほど感傷的なものはないだろう。私はその光がはるばるやって来て、闇のなかの私の着物をほのかに染めているのを知った。またあるところでは渓の闇へ向かって一心に石を投げた。闇のなかには一本の柚の木があったのである。石が葉を分けて戛々と崖へ当った。ひとしきりすると闇のなかからは芳烈な柚の匂いが立ち騰って来た。

こうしたことは療養地の身を噛むような孤独と切り離せるものではない。あるときは岬の港町へゆく自動車に乗って、わざと薄暮の峠へ私自身を遺棄された。深い渓谷が闇のなかへ沈むのを見た。夜が更けて来るにしたがって黒い山々の尾根が古い地球の骨のように見えて来た。彼らは私のいるのも知らないで話し出した。

「おい。いつまで俺達はこんなことをしていなきゃならないんだ」

私はその療養地の一本の闇の街道を今も新しい印象で思い出す。それは渓の下流にあった一軒の旅館から上流の私の旅館まで帰って来る道であった。渓に沿って道は少し上りになっている。三四町もあったであろうか。その間にはごく稀にしか電燈がついていなかった。今でもその数が数えられるように思うくらいだ。最初の電燈は旅館から街道へ出たところにあった。夏はそれに虫がたくさん集まって来ていた。一匹の青蛙(あおがえる)がいつもそこにいた。電燈の真下の電柱にいつもぴったりと身をつけているのである。しばらく見ていると、その青蛙はきまったように後足を変なふうに曲げて、背中を掻(か)く模(ま)ねをした。電燈から落ちて来る小虫がひっつくのかもしれない。いかにも五月蠅(うるさ)そうにそれをやるのである。私はよくそれを眺めて立ち留っていた。いつも夜更(ふ)けでいかにも静かな眺めであった。

　しばらく行くと橋がある。その上に立って渓の上流の方を眺めると、黒ぐろとした山が空の正面に立ち塞(ふさ)がっていた。その中腹に一箇の電燈がついていて、その光がなんとなしに恐怖を呼び起こした。バァーンとシンバルを叩いたような感じである。私はその橋を渡るたびに私の眼がいつもなんとなくそれを見るのを避けたがるのを感じていた。

下流の方を眺めると、渓が瀬をなして轟々と激していた。瀬の色は闇のなかでも白い。それはまた尻っ尾のように細くなって下流の闇のなかへ消えてゆくのである。渓の岸には杉林のなかに炭焼小屋があって、白い煙が切り立った山の闇を匍い登っていた。その煙は時として街道の上へ重苦しく流れて来た。だから街道は日によってはその樹脂臭い匂いや、また日によっては馬力の通った昼間の匂いを残していたりするのだった。

橋を渡ると道は渓に沿ってのぼってゆく。左は渓の崖。右は山の崖。行手に白い電燈がついている。それはある旅館の裏門で、それまでのまっすぐな道である。この闇のなかでは何も考えない。それは行手の白い電燈と道のほんのわずかの勾配のためである。これは肉体に課せられた仕事を意味している。目ざす白い電燈のところまでゆきつくと、いつも私は息切れがして往来の上で立ち留った。呼吸困難。これはじっとしていなければいけないのである。用事もないのに夜更けの道に立ってぼんやり畑を眺めているようなふうをしている。しばらくするとまた歩き出す。

街道はそこから右へ曲がっている。渓沿いに大きな椎の木がある。その木の闇はいたって巨大だ。その下に立って見上げると、深い大きな洞窟のように見える。梟の声がその奥にしていることがある。道の傍らには小さな字があって、そこから射して来る光が、道の上に押し被さった竹藪を白く光らせている。竹というものは樹木のなかで最も光に感じやすい。山のなかの所どころに簇れ立っている竹藪。彼らは闇のなかでもそのありかをほの白く光らせる。

そこを過ぎると道は切り立った崖を曲がって、突如ひろびろとした展望のなかへ出る。眼界というものがこうも人の心を変えてしまうものだろうか。そこへ来ると私はいつも今が今まで私の心を占めていた煮え切らない考えを振るい落としてしまったように感じるのだ。私の心には新しい決意が生まれて来る。秘やかな情熱が静かに私を満たして来る。

この闇の風景は単純な力強い構成を持っている。左手には渓の向こうを夜空を劃って爬虫の背のような尾根が蜿蜒と匍っている。黒ぐろとした杉林がパノラマのように廻って私の行手を深い闇で包んでしまっている。その前景のなかへ、右手からも杉山が傾きかかる。この山に沿って街道がゆく。行手は如何ともすることのできない闇である。この闇へ達するまでの距離は百米あまりもあろうか。その途中にたった一軒だけ人家があって、楓のような木が幻燈のように光を浴びている。大きな闇の風景のなかでただそこだけがこんもり明るい。街道もその前では少し明るくなっている。しかし前方の闇はそのためになおいっそう暗くなり街道を呑み込んでしまう。

　ある夜のこと、私は私の前を私と同じように提灯なしで歩いてゆく一人の男があるのに気がついた。それは突然その家の前の明るみのなかへ姿を現わしたのだった。男は明るみを背にしてだんだん闇のなかへはいって行ってしまった。私はそれを一種異様な感動を持って眺めていた。それは、あらわに言ってみれば、「自分もしばらくすればあの男のように闇のなかへ消えてゆくのだ。誰かがここに立って見ていればやはりあんなふうに消えてゆくのであろう」という感動なのであったが、消えてゆく男の姿はそんなにも感情的であった。

　その家の前を過ぎると、道は渓に沿った杉林にさしかかる。右手は切り立った崖である。それが闇のなかである。なんという暗い道だろう。そこは月夜でも暗い。歩くにしたがって暗さが増してゆく。不安が高まって来る。それがある極点にまで達しようとするとき、突如ごおっという音が足下から起こる。それは杉林の切れ目だ。ちょうど真下に当る瀬の音がにわかにその切れ目から押し寄せて来るのだ。その音は凄まじい。気持にはある混乱が起こって来る。大工とか左官とかそういった連中が渓のなかで不可思議な酒盛りをしていて、その高笑いがワッハッハ、ワッハッハときこえて来るような気のすることがある。心が捩じ切れそうになる。するとそのとたん、道の行手にパッと一箇の電燈が見える。闇はそこで終わったのだ。

もうそこからは私の部屋は近い。電燈の見えるところが崖の曲り角で、そこを曲がればすぐ私の旅館だ。電燈を見ながらゆく道は心易い。私は最後の安堵とともにその道を歩いてゆく。しかし霧の夜がある。霧にかすんでしまって電燈が遠くに見える。行っても行ってもそこまで行きつけないような不思議な気持になるのだ。いつもの安堵が消えてしまう。遠い遠い気持になる。

闇の風景はいつ見ても変わらない。私はこの道を何度ということなく歩いた。いつも同じ空想を繰り返した。印象が心に刻みつけられてしまった。街道の闇、闇よりも濃い樹木の闇の姿はいまも私の眼に残っている。それを思い浮かべるたびに、私は今いる都会のどこへ行っても電燈の光の流れている夜を薄っ汚なく思わないではいられないのである。

交尾

その二

私は一度河鹿(かじか)をよく見てやろうと思っていた。

河鹿を見ようと思えばまず大胆に河鹿の鳴いている瀬のきわまで進んでゆくことが必要である。これはそろそろ近寄って行っても河鹿の隠れてしまうのは同じだからなるべく神速に行なうのがいいのである。瀬のきわまで行ってしまえば今度は身をひそめてじっとしてしまう。「俺(おれ)は石だぞ。俺は石だぞ」と念じているような気持で少しも動かないのである。ただ眼だけはらんらんとさせている。ぼんやりしていれば河鹿は渓(たに)の石と見わけにくい色をしているから何も見えないことになってしまうのである。やっとしばらくすると水の中やら石の蔭から河鹿がそろそろと首を擡(もた)げはじめる。気をつけて見ていると実にいろんなところから――それが皆申し合わせたように同じぐらいずつ——恐る恐る顔を出すのである。すでに私は石である。彼らは等しく恐怖をやり過ごした体で元のところへあがって来る。今度は私の一望の下に、余儀ないところで中断されていた彼らの求愛が encore されるのである。

　こんな風にして真近に河鹿を眺めていると、ときどき不思議な気持になることがある。芥川龍之介は人間が河童（かっぱ）の世界へ行く小説を書いたが、河鹿の世界というものは案外手近にあるものだ。私は一度私の眼の下にいた一匹の河鹿から忽然（こつぜん）としてそんな世界へはいってしまった。その河鹿は瀬の石と石との間に出来た小さい流れの前へ立って、あの奇怪な顔つきでじっと水の流れるのを見ていたのであるが、その姿が南画の河童とも漁師ともつかぬ点景人物そっくりになって来た、と思う間に彼の前の小さい流れがサーッと広びろとした江に変じてしまった。その瞬間私もまたその天地の孤客たることを感じたのである。

　これはただこれだけの話に過ぎない。だが、こんな時こそ私は最も自然な状態で河鹿を眺めていたと云い得るのかもしれない。それより前私は一度こんな経験をしていた。

私は渓へ行って鳴く河鹿を一匹捕まえて来た。桶へ入れて観察しようと思ったのである。桶は浴場の桶だった。渓の石を入れて水を湛え、硝子で蓋をして座敷のなかへ持ってはいった。ところが河鹿はどうしても自然な状態になろうとしない。蠅を入れても蠅は水の上へ落ちてしまったなり河鹿とは別の生活をしている。私は退屈して湯に出かけた。そして忘れた時分になって座敷へ帰って来ると、チャブンという音が桶のなかでした。なるほどと思って早速桶の傍へ行って見ると、やはり先ほどの通り隠れてしまったきりで出て来ない。今度は散歩に出かける。帰って来ると、またチャブンという音がする。あとはやはり同じことである。その晩は、傍へ置いたまま、私は私で読書をはじめた。忘れてしまって身体を動かすとまた跳び込んだ。最も自然な状態で本を読んでいるところを見られてしまったのである。翌日、結局彼は「慌てて跳び込む」ということを私に教えただけで、身体へ部屋中の埃をつけて、私が明けてやった障子から渓の水音のする方へ跳んで行ってしまった。――これ以後私は二度とこの方法を繰り返さなかった。彼らを自然に眺めるにはやはり渓へ行かなくてはならなかったのである。

それはある河鹿のよく鳴く日だった。河鹿の鳴く声は街道までよく聞こえた。私は街道から杉林のなかを通っていつもの瀬のそばへ下りて行った。渓向うの木立のなかでは瑠璃が美しく囀っていた。瑠璃は河鹿と同じくそのころの渓間をいかにも楽しいものに思わせる鳥だった。村人の話ではこの鳥は一つのホラ（山あいの木のたくさん繁ったところ）にはただ一羽しかいない。そして他の瑠璃がそのホラへはいって行くと喧嘩をして追い出してしまうと云う。私は瑠璃の鳴き声を聞くといつもその話を思い出しそれをもっともだと思った。それはいかにも我と我が声の反響を楽しんでいる者の声だった。その声はよく透り、一日中変わってゆく渓あいの日射しのなかでよく響いた。そのころ毎日のように渓間を遊び恍けていた私はよくこんなことを口ずさんだ。

――ニシビラへ行けばニシビラの瑠璃、セコノタキへ来ればセコノタキの瑠璃。――

そして私の下りて来た瀬の近くにも同じような瑠璃が一羽いたのである。私ははたして河鹿の鳴きしきっているのを聞くとさっさと瀬のそばまで歩いて行った。すると彼らの音楽ははたと止まった。しかし私は既定の方針通りにじっと蹲っておればよいのである。しばらくして彼らはまた元通りに鳴き出した。この瀬にはことにたくさんの河鹿がいた。その声は瀬をどよもして響いていた。遠くの方から風の渡るように響いて来る。それは近くの瀬の波頭の間から高まって来て、眼の下の一団で高潮に達しる。その伝播は微妙で、絶えず湧き起り絶えず揺れ動く一つのまぼろしを見るようである。科学の教えるところによると、この地球にはじめて声を持つ生物が産まれたのは石炭紀の両棲類だということである。だからこれがこの地球に響いた最初の生の合唱だと思うといくらか壮烈な気がしないでもない。実際それは聞く者の心を震わせ、胸をわくわくさせ、ついには涙を催させるような種類の音楽である。

私の眼の下にはこのとき一匹の雄がいた。そして彼もやはりその合唱の波のなかに漂いながら、ある間をおいては彼の喉を震わせていたのである。私は彼の相手がどこにいるのだろうかと捜して見た。流れを距てて一尺ばかり離れた石の蔭におとなしく控えている一匹がいる。どうもそれらしい。しばらく見ているうちに私はそれが雄の鳴くたびに「ゲ・ゲ」と満足気な声で受け答えをするのを発見した。そのうちに雄の声はだんだん冴えて来た。ひたむきに鳴くのが私の胸へも応えるほどになって来た。

しばらくすると彼はまた突然に合唱のリズムを紊しはじめた。鳴く間がだんだん迫って来たのである。もちろん雌は「ゲ・ゲ」とうなずいている。しかしこれは声の振わないせいか雄の熱情的なのに比べて少し呑気に見える。しかし今に何事かなくてはならない。私はその時の来るのを待っていた。すると、案の定、雄はその烈しい鳴き方をひたと鳴きやめたと思う間に、するすると石を下りて水を渡りはじめた。このときその可憐な風情ほど私を感動させたものはなかった。彼が水の上を雌に求め寄ってゆく、それは人間の子供が母親を見つけて甘え泣きに泣きながら駆け寄って行くときと少しも変ったことはない。「ギョ・ギョ・ギョ・ギョ」と鳴きながら泳いで行くのである。こんな一心にも可憐な求愛があるものだろうか。それには私はすっかりあてられてしまったのである。

　もちろん彼は幸福に雌の足下へ到り着いた。それから彼らは交尾した。爽やかな清流のなかで。――しかし少なくとも彼らの痴情の美しさは水を渡るときの可憐さに如かなかった。世にも美しいものを見た気持で、しばらく私は瀬を揺がす河鹿の声のなかに没していた。

温泉

第一稿

夜になるとその谷間は真黒な闇に呑まれてしまう。闇の底をごうごうと渓が流れている。私の毎夜下りてゆく浴場はその渓ぎわにあった。

浴場は石とセメントで築きあげた、地下牢のような感じの共同湯であった。その巌丈な石の壁は豪雨のたびごとに汎濫する渓の水を支えとめるためで、その壁に刳り抜かれた渓ぎわへの一つの出口がまた牢門そっくりなのであった。昼間その温泉に浸りながら「牢門」のそとを眺めていると、明るい日光の下で白く白く高まっている瀬のたぎりが眼の高さに見えた。差し出ている楓の枝が見えた。そのアーチ形の風景のなかを弾丸のように川烏が飛び抜けた。

また夕方、渓ぎわへ出ていた人があたりの暗くなったのに驚いてその門へ引返して来ようとするとき、ふと眼の前に――その牢門のなかに――楽しく電燈がともり、濛々(もうもう)と立ち罩(こ)めた湯気のなかに、賑やかに男や女の肢体が浮動しているのを見る。そんなとき人は、今まで自然のなかで忘れ去っていた人間仲間の楽しさを切なく胸に染めるのである。そしてそんなこともこのアーチ形の牢門のさせるわざなのであった。

　私が寝る前に入浴するのはいつも人々の寝しずまった真夜中であった。その時刻にはもう誰も来ない。ごうごうと鳴り響く渓の音ばかりが耳について、おきまりの恐怖が変に私を落着かせないのである。もっとも恐怖とはいうものの、私はそれを文字通りに感じていたのではない。文字通りの気持から言えば、身体に一種の抵抗(リフラクション)を感じるのであった。だから夜更けて湯へゆくことはその抵抗だけのエネルギーを余分に持って行かなければならないといつも考えていた。またそう考えることは定まらない不安定な、埒(らち)のない恐怖にある限界を与えることになるのであった。しかしそうやって毎夜おそく湯へ下りてゆくのがたび重なるとともに、私は自分の恐怖があるきまった形を持っているのに気がつくようになった。それを言って見ればこうである。

　その浴場は非常に広くて真中で二つに仕切られていた。一つは村の共同湯に、一つは旅館の客にあてててあった。私がそのどちらかにはいっていると、きまってもう一つの方の湯に何かが来ている気がするのである。村の方の湯にはいっているときには、きまって客の湯の方に男女のぽそぽそ話しをする声がきこえる。私はその声のもとを知っていた。それは浴場についている水口で、絶えず清水がほとばしり出ているのである。また男女という想像の由って来るところもわかっていた。それは渓の上にだるま茶屋があって、そこの女が客と夜更けて湯へやって来ることがありうべきことだったのである。そういうことがわかっていながらやはり変に気になるのである。男女の話声が水口の水の音だとわかっていながら、不可抗的に実体をまとい出す。その実体がまた変に幽霊のような性質のものに思えて来る。いよいよそうなって来ると私はどうでも一度隣の湯を覗いて見てそれを確めないではいられなくなる。それで私はほとうにそんな人達が来ているときには自分の顔が変な顔をしていないようにその用意をしながら、とりあいの窓のところまで行ってその硝子戸を開けて見るのである。しかし案の定なんにもいない。

次は客の湯の方へはいっているときである。例によって村の湯の方がどうも気になる。今度は男女の話声ではない。気になるのはさっきの渓への出口なのである。そこから変な奴がはいって来そうな気がしてならない。変な奴ってどんな奴なんだと人はきくにちがいない。それが実にいやな変な奴なのである。陰鬱な顔をしている。河鹿のような膚をしている。そいつが毎夜極った時刻に渓から湯へ漬かりに来るのである。プフウ！　なんという馬鹿げた空想をしたもんだろう。しかし私はそいつが、別にあたりを見廻すというのでもなく、いかにも毎夜のことのように陰鬱な表情で渓からはいって来る姿に、ふと私が隣の湯を覗いた瞬間、私の視線にぶつかるような気がしてならなかったのである。

あるとき一人の女の客が私に話をした。

「私も眠れなくて夜中に一度湯へはいるのですが、なんだか気味が悪るござんしてね。隣の湯へ渓から何かがはいって来るような気がして――」

私は別にそれがどんなものかは聞きはしなかった。彼女の言葉に同感の意を表して、やはり自分のあれは本当なんだなと思ったのである。ときどき私はその「牢門」から渓へ出て見ることがあった。轟々たる瀬のたぎりは白蛇の尾を引いて川下の闇へ消えていた。向こう岸には闇よりも濃い樹の闇、山の闇がもくもくと空へ押しのぼっていた。そのなかで一本椋の樹の幹だけがほの白く闇のなかから浮かんで見えるのであった。

これはすばらしい銅板画のモティイフである。黙々とした茅屋の黒い影。銀色に浮かび出ている竹藪の闇。それだけわけもなく簡単な黒と白のイメイジである。しかしなんという言いあらわしがたい感情に包まれた風景か。その銅板画にはここに人が棲んでいる。戸を鎖し眠りに入っている。星空の下に、闇黒のなかに。彼らはなにも知らない。この星空も、この闇黒も。虚無から彼らを衛っているのは家である。その忍苦の表情を見よ。彼は虚無に対抗している。重圧する畏怖の下に、黙々と憐れな人間の意図を衛っている。

一番はしの家はよそから流れて来た浄瑠璃語りの家である。宵のうちはその障子に人影が写り「デデンデン」という三味線の撥音と下手な嗚咽の歌が聞こえて来る。

その次は「角屋」の婆さんと言われている年寄っただるま茶屋の女が、古くからいたその「角屋」からとび出して一人で汁粉屋をはじめている家である。客の来ているのは見たことがない。婆さんはいつでも「滝屋」という別のだるま屋の囲爐裡の傍で「角屋」の悪口を言っては、硝子戸越しに街道を通る人に媚を送っている。

その隣りは木地屋である。背の高いお人好の主人は猫背で聾である。その猫背は彼が永年盆や膳を削って来た刳物台のせいである。夜彼が細君と一緒に温泉へやって来るときの恰好を見るがいい。長い頸を斜に突き出し丸く背を曲げて胸を凹ましている。まるで病人のようである。しかし刳物台に坐っているときの彼のなんとがっしりしていることよ。彼はまるで獲物を捕った虎のように刳物台を抑え込んでしまっている。人は彼が聾であって無類のお人好であることすら忘れてしまうのである。往来へ出て来た彼は、だから機械から外して来たクランクのようなものである。少しばかり恰好の滑稽なのは仕方がないのである。彼は滅多に口を利かない。その代りいつでもにこにこしている。おそらくこれが人の好い聾の態度とでもいうのだろう。だから商売は細君まかせである。細君は醜い女であるがしっかり者である。やはりお人好のお婆さんと二人でせっせと盆に生漆を塗り戸棚へしまい込む。なにも知らない温泉客が亭主の笑顔から値段の応対を強取しようとでもするときには、彼女は言うのである。

「この人はちっと眠むがってるでな……」

これはちっとも可笑しくない！　彼ら二人は実にいい夫婦なのである。

彼らは家の間の一つを「商人宿」にしている。ここも按摩が住んでいるのである。この「宗さん」という按摩は浄瑠璃屋の常連の一人で、尺八も吹く。木地屋から聞こえて来る尺八は宗さんのひまでいる証拠である。

家の入口には二軒の百姓家が向い合って立っている。家の前庭はひろく砥石のように美しい。ダリヤや薔薇が縁を飾っていて、舞台のように街道から築きあげられている。田舎には珍しいダリヤや薔薇だと思って眺めている人は、そこへこの家の娘が顔を出せばもう一度驚くにちがいない。グレートヘンである。評判の美人である。彼女は前庭の日なたで繭を煮ながら、実際グレートヘンのように糸繰車を廻していることがある。そうかと思うと小舎ほどもある枯萱を「背負枠」で背負って山から帰って来ることもある。夜になると弟を連れて温泉へやって来る。すこやかな裸体。まるで希臘の水瓶である。エマニュエル・ド・ファッリャをしてシャコンヌ舞曲を作らしめよ！

この家はこの娘のためになんとなく幸福そうに見える。一群の鶏も、数匹の白兎も、ダリヤの根方で舌を出している赤犬に至るまで。

しかし向かいの百姓家はそれにひきかえなんとなしに陰気臭い。それは東京へ出て苦学していたその家の二男が最近骨になって帰って来たからである。その青年は新聞配達夫をしていた。風邪で死んだというが肺結核だったらしい。こんな奇麗な前庭を持っている、そのうえ堂々とした筧の水溜りさえある立派な家の伜が、何故また新聞の配達夫というようなひどい労働へはいって行ったのだろう。なんと楽しげな生活がこの渓間にはあるではないか。森林の伐採。杉苗の植付。夏の蔓切。枯萱を刈って山を焼く。春になると蕨。蕗の薹。夏になると渓を鮎がのぼって来る。彼らはいちはやく水中眼鏡と鉤針を用意する。瀬や淵へ潜り込む。あがって来るときは口のなかへ一ぴき、手に一ぴき、針に一ぴき！　そんな渓の水で冷え切った身体は岩間の温泉で温める。馬にさえ「馬の温泉」というものがある。田植で泥塗れになった動物がピカピカに光って街道を帰ってゆく。それからまた晩秋の自然薯掘り。夕方山から土に塗れて帰って来る彼らを見るがよい。背に二貫三貫の自然薯を背負っている。杖にしている木の枝には赤裸に皮を剝がれた蝮が縛りつけられている。食うのだ。彼らはまた朝早くから四里も五里も山の中の山葵沢（わさびざわ）へ出掛けて行く。楢（なら）や櫟（くぬぎ）を切り仆（たお）して椎茸（しいたけ）のぼた木を作る。山葵や椎茸にはどんな水や空気や光線が必要か彼らよりよく知っているものはないのだ。

しかしこんな田園詩（イディイル）のなかにも生活の鉄則は横たわっている。彼らはなにも「白い手」の嘆賞のためにかくも見事に鎌を使っているのではない。「食えない！」それで村の二男や三男達はどこかよそへ出て行かなければならないのだ。ある者は半島の他の温泉場で板場になっている。ある者はトラックの運転手をしている。都会へ出て大工や指物師になっている者もある。杉や欅の出る土地柄だからだ。しかしこの百姓家の二男は東京へ出て新聞配達になった。真面目な青年だったそうだ。苦学というからには募集広告の講談社的な偽瞞にひっかかったのにちがいない。それにしても死ぬまで東京にいるとは！　おそらく死に際の幻覚には目にたてて見る塵もない自分の家の前庭や、したたり集って来る苔の水が水晶のように美しい筧の水溜りが彼を悲しませたであろう。

これがこの小さな字（あざ）である。

第二稿

温泉は街道から幾折れかの石段で渓ぎわまで下りて行かなければならなかった。街道もそこまでは乗合自動車がやって来た。渓もそこまでは――というとすこし比較が可笑しくなるが――鮎が上って来た。そしてその乗合自動車のやって来る起点は、ちょうどまたこの渓の下流のK川が半町ほどの幅になって流れているこの半島の入口の温泉地なのだった。

温泉の浴場は渓ぎわから厚い石とセメントの壁で高く囲まれていた。これは豪雨のときに氾濫する虞(おそ)れの多い渓の水からこの温泉を守る防壁で、片側はその壁、片側は崖の壁で、その上に人々が衣服を脱いだり一服したりする三十畳敷くらいの木造建築がとりつけてあった。そしてこれが村の人達の共同の所有になっているセコノタキ温泉なのだった。

浴漕は中で二つに仕切られていた。それは一方が村の人の共同湯に、一方がこの温泉の旅館の客がはいりに来る客湯になっていたためで、村の人達の湯が広く何十人もはいれるのに反して、客湯はごく狭くそのかわり白いタイルが張ってあったりした。村の人達の湯にはまた渓ぎわへ出る拱門型(アーチ)に刳(く)った出口がその厚い壁の横側にあいていて、湯に漬って眺めていると、そのアーチ型の空間を眼の高さにたかまって白い瀬のたぎりが見え、渓ぎわから差し出ている楓(かえで)の枝が見え、ときには弾丸のように擦過(さっか)して行く川烏(かわう)の姿が見えた。

第三稿

温泉は街道から幾折にもなった石段で渓の脇まで降りて行かなければならなかった。そこに殺風景な木造の建築がある。その階下が浴場になっていた。浴場は渓ぎわから石とセメントで築きあげられた部厚な壁を渓に向かって回(めぐ)らされていた。それは豪雨のために氾濫する虞れのある渓の水を防ぐためで、渓ぎわへ出る一つの出口がある切りで、その浴場に地下牢のような感じを与えるのに成功していた。

何年か前まではこの温泉もほんの茅葺（かやぶき）屋根の吹き曝（さら）しの温泉で、桜の花も散り込んで来たし、渓の眺めも眺められたし、というのが古くからこの温泉を知っている浴客のいつもの懐旧談であったが、多少牢門じみた感じながら、その渓へ出口のアーチのなかへは渓の楓が枝を差し伸べているのが見えたし、瀬のたぎりの白い高まりが眼の高さに見えたし、時にはそこを弾丸のように擦過してゆく川烏の姿も見えた。

また壁と壁の支えあげている天井との間のわずかの隙間からは、夜になると星も見えたし、桜の花片だって散り込んで来ないことはなかったし、ときには懸巣（かけす）の美しい色の羽毛がそこから散り込んで来ることさえあった。

鑑賞・梶井基次郎　湯ヶ島から

石川　弘

はじめに

〈梶井を語ることは、いわば私たちの青春を語ることでもあった……〉中谷孝雄先生の名著『梶井基次郎』のあとがきの書きだしはこうして始っていたように覚えている。この数年の私は、この言葉の余音から与えられた印象を、くり返し思う日々もあった。

私は中谷先生と同齢の、それも若死したひとりの青年とめぐり逢う事もなかったし、その頃の東京や京都の雰囲気を知り得るはずもない。ただ今こうして思うことは、逢ったこともない人でも、文学の世界においては一層その人を語ることが、語る人自身の青春でもあり得るということだ。

私にとって梶井を語ることは私の青春の日々でもあるように思える。湯ヶ島を語ることもそれらと、輻湊し交互する。宇野千代氏の『私の文学回想記』の一節に〈……

梶井の名作の殆んど凡ては、湯ヶ島で書かれたものでした……〉という一文があるが、ともあれ二十七歳から享年の三十二歳（その間、湯ヶ島での生活は一年四カ月余りであったが）までの五年三カ月の歳月は絶えずその病状と戦いながらの、文学との格闘と云っても言い過ぎではあるまい。

例えば、私は大変奇怪な発想をしてみた――人間はどんなに若死しても、やはり青年期、中年期、晩年期というものがあるように梶井の場合考えられるということだ。いわば、湯ヶ島時代から、死に至る五年三カ月の梶井は中年期、晩年期の二つの時期を同時に進行したように私には思われるのである。

そうした意味で宇野千代氏の引用した前文は充分頷けるし、湯ヶ島でのある目ざめがあとの三年十一カ月に引き継がれると思う。

現に、伊豆湯ヶ島だけは、東京や京都、大阪の都市と違い、私たちにも、梶井の見た光景が、自然という物体のさなかにあって想像される可能性を占めている。そうした意味で湯ヶ島の自然に触れることは、梶井の諸作品の強い印象とかさなり合う。それは、私にとって「蒼穹」や「筧の話」だけでなしに、あとの（確かに草稿は湯ヶ島滞在中に書かれていたものもあるが）「桜の樹の下には」「愛撫」「闇の絵巻」「交尾」「のんきな患者」の作品や、草稿の「闇の書」「籔熊亭」「温泉」らによって、梶井の文業の眼と、心とを直観し、いつしか湯ヶ島に私自身の青春も傾けさせたのかも知れない。
梶井には「日記・草稿」が全部で十六帖残されているが、「第九帖」からが、湯ヶ島からのものである。その時期は「第十二帖」までである。「冬の日」の草稿であり、「ある崖上の感情」「闇の絵巻」らの草稿でもある。「第十一帖」（昭和二年）は次ぎのように始まっている。

闇

Baudelaire　Baudelaire

Baudelaire　Ch Baudelaire

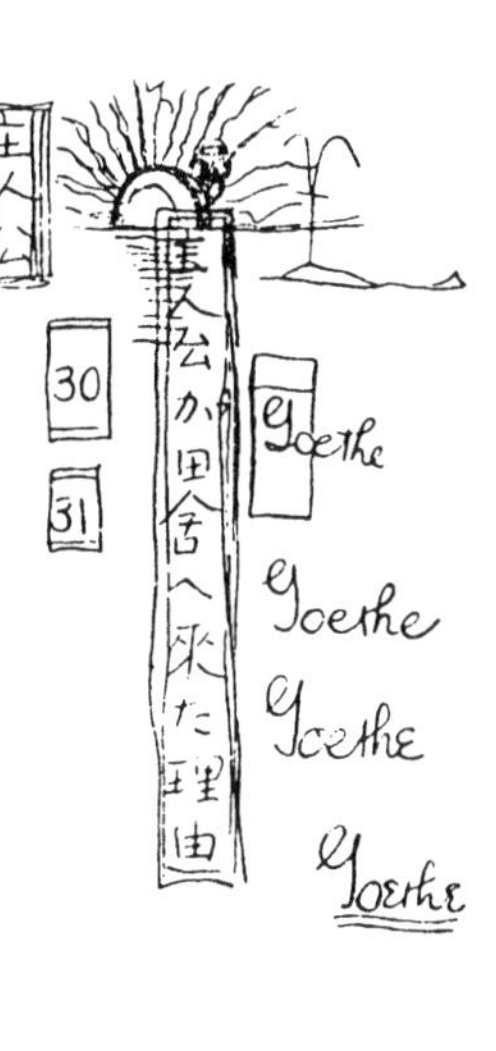

何故に主人公は田舎へ来たか、
主人公はどんな種類の人間か、
　Beacham Beacham
　　Beach Beach
彼の空想してゐたものが其處にはあつた。
温かい黄に枯れた枯萱山。
彼は東京にゐられなくなつた。郷里か？　二人の老年を見ることは殆ど彼の恐怖であつた。それでは？　彼は布呂敷包を一つ作つて山間の寂れた温泉場へやつて来た。

気ままに、「第十一帖」の冒頭を引用したが、「蒼穹」の草稿がそのあとにつづいている。そうして私たちに興味あることは、メモ風に梶井が、次ぎのような事柄を掲げていることでもある。

Program
暗のなかを木立へ歩いた話。
毒草を喰ふかあざみを踏みつける方がいゝ
消防の試験を見た話、自分の役に立たないのを嘆く。
Caprice　平さんの話。
盆の話。青年は女の許へ盆をやつたまゝ闇のなかへはいつて行つてしまふ。
樋の話。
しまひの方は湯本館より湯川屋までの道程を段々言ふ。
幽霊の話。
夕焼の話。藤の話。

梶井の読者ならば、この右に梶井が掲げている創作プログラムの覚え書によって、「闇への書」「闇の絵巻」「筧の話」などにとりかかったことが理解できようが、私はなにかしら、再度言うように、湯ヶ島での経験、その土地での営みが、梶井の宿命とおりかさなって、いや必然的に、大きな特質を生む――そのことを強調したかった。肉体的に、思うような行動が出来なかった梶井にとって、息をころして、聴えてくるもの、見えてくるものが、しばしば梶井の〈旅情〉や〈旅人〉から、まさしく変質を見、ひとりの〈生活者〉となっていく経路に注目したいのだ。

川端康成氏宛へのその頃の書簡に「……今年中に同じ短いものを五十ばかり書きたい……」という意味の便りと共に仲町貞子氏宛にも「……最近近代風景といふ雑誌と文芸都市といふ雑誌へ小説を発表しました　短い七枚位のものです　私の今年の望みはこれ位の短かさのものを四五十もかいて一冊の本にしたいことです……」とある。

そうした意味から「蒼穹」「筧の話」を指してのこの書簡に関する限り、梶井の創作意欲もある種の自信も、また己れの宿命についてすら窺えようというものだ。それは湯ヶ島から引きあげる直前の便りでもある。そうして、東京から仲町貞子氏宛の書簡では、「……山の手の街を歩くより、貧民街を歩く方がどれだけ刺戟があるかも知れません、古い世界観はただの散歩的観察だけでも揺いでしまふのです……」とも書き送っている。

ともあれ、梶井が湯ヶ島滞在中に執筆し、完成されたのは「冬の日」の続きと「蒼穹」と「筧の話」の三篇と、あとは草稿だが、はじめにも証したように、その後に引き継がれた諸作品にその文学の重要性、あるいは必然性また梶井の内部の変質すら、自然との対比として見ることもできよう。

それは「冬の蠅」であり、「交尾」であり、「のんきな患者」であろう。そして、遺稿となったいくつかの中に、例えば「海」とか「温泉」に、生命の触れあいが、特に「温泉」という未完の断片に湯ヶ島の庶民たちの姿がなにかしら「のんきな患者」の素材と違いながらも、深い親愛感で描かれていることに、湯ヶ島での梶井の生活の、大袈裟に云えば、ある完成があったように現在の私には思えてならない。

梶井が叩き付けられた絶望の病患、梶井の言葉を借りれば「筧の話」の結びの次ぎの一節〈……課せられてゐるのは永遠の退屈だ。生の幻影は絶望と重なつてゐる……〉との訣別への努力だ。

「しかし病気といふものは決して学校の行軍のやうに弱いそれに堪へることの出来ない人間をその行軍から除外してくれるものではなく、最後の死のゴールへ行くまではどんな豪傑でも弱蟲でもみんな同列にならばして嫌応なしに引摺つてゆく――といふことであつた。」

といみじくも最後の作品となった「のんきな患者」のこれも結びの一節に残されたが、こうした認識をはっきり所有した時、絶望の中でのエネルギーをよりものにした時、それら湯ヶ島での自然との戦慄、いわば全生命的な蓄積をものにし、認識した時、病患は梶井の生命自体を奪った。

「……三年も前は自然や風景をのみ眺めてゐた眼は　必然心のなかへ向けられる。これが実に苦しいのだ。しかしこれまでほつておいたのだから　何とも致し方ない。生きるにも死ぬるにも　この荒廃の地を何とかしなくてはならない。死ぬことは人間としてあきらめなければならないが、こんな心の状態のまま死ぬことは実際恥辱にちがひない。僕は今年になつて、人間三十一、いろんな省察もだんだん地についで来たことを感じる。仕事をしても　これまでの仕事よりはずつとしつかりしたものが書けるにちがひない、こんな心の状態から何か書き出したい　何時もそのことばかり思ふのだが　それも感傷主義、病気のためには超克すべき苦患かもしれない、」

以上は、梶井の昭和六年五月、中谷孝雄氏宛に「檸檬」が出版される十日程前の書簡である。それはまた「のんきな患者」が仕上る六カ月以前のことでもある。

肉体、自然と戦った、一個の不安な生きものの眼はいま、人間の営みを視つめようとしていたのだ。いや容易ならぬ忍耐を以て、いま梶井は創造しようとした。しっかりした足どりで、湯ヶ島で視つめた鍛錬された凡てを賭けて人間にまつわる雑踏を見ようとしたのではなかったか！　私にはそれは信じていいことなのだ。だがそれは天城の変りやすい自然と、それが光であれ、闇であれ、天然の中での梶井を深い空漠と想ってのことでもある。

私はなぜか近ごろ湯ヶ島からの梶井の文学をそのように再確認させずにはいられない。それはまた私がくりかえし湯ヶ島を訪ねる折に深く天然が訴えかけて来るものでいあろう。

　小林秀雄氏の近著『本居宣長』の第五十章の中に次ぎのような一文がある。梶井鑑賞と結びつきがないかも知れぬが、引用させて頂く。

「萬葉歌人が歌つたやうに〈神社(もり)に神酒(みは)すゑ　禱祈(いのれ)ども〉死者は還らぬ。だが、還らぬと知つてゐるからこそ祈るのだ、と歌人が言つてゐるのも忘れまい。神に祈るのと、神の姿を創り出すのとは、彼には、全く同じ事(ワザ)なのであつた。死者は去るのではない。還つて来ないのだ。と言ふのは、死者は、生者に烈しい悲しみを遺さなければ、この世を去る事が出来ない、といふ意味だ。それは、死といふ言葉と一緒に生れて来たと言つてもよいほど、この上なく尋常な死の意味である。宣長にしてみれば、さういふ意味での死しか、古学の上で、考へられはしなかつた。死を虚無とする考へなど、勿論、古学の上では意味をなさない……」

　なにが死を意味し、なにが生を意味するのか、自然の中の孤独から、閉された自然の旅情に、死の近づいた梶井は虚無を感じ得なかったのかも知れない。梶井が湯ヶ島での素材から与えられたものは、古人へのなつかしさであったかも分らない。天然の意味するものへの愛着が、そのような意図を抱かせずにはおかなかったのかも分らない。梶井は長い間、芭蕉に親しんでいた。私の云う梶井の晩年には西鶴や鷗外に心ひかれていたことが、友人への書簡で発言されている。そうした意味でなにかしら、近代西洋的な傾向から、素朴な一つの湯ヶ島という土地を経て、梶井は関西のもつ重厚さといったもの、いや日本の風物、そういう中に、なにかしら已れの生死の根源に執着した文学者として映る。

繰り返し言うが、梶井は湯ヶ島の天然に触れて生存の意識を自識した。それは共存であり、地域の固有性は、広く、梶井自身を一個の檸檬の冷い快さから解放したのかも分らない。

昭和二年四月、梶井は川端康成氏宛の書簡で、湯ヶ島の文学碑に後年入れた、山の便りお知らせいたします　というあとに、次ぎのようにも書いている。それはさきに言った生存ということであるのかも知れない。

「今年山で春に會ひ私のなによりの驚きは冬葉の落ち尽してゐた雑木山が薄紅に薄緑

に若芽の瓦斯體を纒ひはじめた美しさでした　これが日に日に生長してゆく眺めは私をよろこばせ、情なくさせ、そしてとうとう茫然とさせてしまひました……」

すでにこの頃から、植物の中に、生存の宿命を、梶井自身の資質である美意識を、見出していたと云えよう。それは梶井がこの書簡で、情なくさせという意味が、やがて湯ヶ島を去り、大阪で梶井自身が「のんきな患者」で書いた、肺を病んでひっそりと死んでいく人達のひとりになる、人間の情なさにも思われる。湯ヶ島の天然の光と闇は、都会の地獄と極楽、梶井はそのように近代人としての精神の深奥に参入した稀な作家であったことは云うまでもない。

蒼穹＝昭和三年一月稿、同年三月号の「文芸都市」に発表。同誌は昭和三年二月から四年七月迄全一八冊を発行した。プロレタリア文学最盛期を時代背景として、非左翼系の新人作家が結集したと言われているが、梶井は昭和二年十二月、広津和郎氏宛の書簡で、〈……私は今度文藝都市といふ「新人倶楽部」なるものの出す雑誌のなかへ加入することにしました　知らずにゐたのですが同人の一人が推薦して　勧誘し来ましたので、最近承諾のことを返事してやりました　同人には感じのわるい反動的な頭や道化役など多くゐるやうです〉と書いている。

さて「蒼穹」は湯ヶ島時代の作品であるばかりでなく、草稿によれば前年昭和二年に書きはじめられた。最も梶井の自然への想像性といったものが、天城の変りやすい自然をこれ程実感的に悲傷の挫折に耐えて写しだしたということ、その資質をみごとに高めたという意味で、湯ヶ島にいくと、私はきまって雲を見ることにしている。

筧の話＝昭和三年一月稿、「蒼穹」もそうであるが、この二作は前年の秋冬頃着手、一応書けたが、それら草稿をもとに、一月稿となっている。同年四月号の「近代風景」に発表。同誌は大正十五年十一月から昭和三年八月迄全二二冊　北原白秋の編集で、創刊号の巻頭を見ると、〈開け、近代の風景よ。太陽よ、雲よ、星座よ、山岳よ。紫の電柱よ、ああ、電波よ、アンテナよ。鳥人よ。ああ、詩感は宇宙に瀰漫する〉という華麗なもので綴られていた。そうした詩雑誌に萩原朔太郎の尽力によって掲載された。二円ほどの礼だった。

この作品も湯ヶ島時代の作品で「蒼穹」と同じような態度で書かれた秀作であることは云うまでもない。古びた筧の音や水の美しさに誘われていく自己に対する描写は直感的であり、そのせせらぎのもつ幽的なものに、梶井は宝石を、いや生と美を、それをそっと探求したのではなかったか。やはり私は湯ヶ島にいくと、杉林のほうに、そっとひややかな道を求めて、歩いていくのだ。

桜の樹の下には＝昭和三年十月稿、同年十二月「詩と詩論」に発表。同誌は昭和三年三月から昭和八年、季刊一四冊　春山行夫、北川冬彦が中心で、そういう意味で、梶井と親しい仲間の雑誌と云っていい。

梶井の同年の日記、草稿ノート第十二帖に〈桜の樹の下には屍体が埋まっている〉という冒頭の一行だけを見出すだけで、というのは他の作品が完成される以前にかなりのおびただしいその草稿なり、覚え書の類のノートがあるにもかかわらず、この作品にそれがなくきわめて稀な現象なのである。が、その作品はよく人びとの知る作品だし、同業の小説家の間の作品にさえ取り上げられ書かれた。そうしておそらく、昭和三年の春の「闇の絵巻」と共に梶井の湯ヶ島でのほとんど最後の発想にすら私は想像しているのである。しばしば、この作品はボードレールの散文詩に比較されるほどボードレール的と称されている。そう云えば、梶井の草稿第十二帖には、「巴里の憂鬱」がその冒頭に写されているではないか。このノートはほとんど、ボードレールの英訳の写しと、「冬の蠅」「闇の絵巻」の草稿なのである。そうして梶井のこの作品が、そういう日本的な満開の桜の花の下に向けられるところに、その傾向になぜか、不吉な、青春の多面性、梶井の言う〈闇への情熱〉の観念が、なぜか湯ヶ島の満開の山桜を見て、梶井は一息に、脱稿したのではないか。だがなにか不吉だ、梶井はああして自分が埋められたかったのか、いや、感傷的に象徴したかったのか。それにつけても、生前の創作集の折、末尾の一節〈——それにしても、俺が毎晩家へ帰つてゆくとき、暗のなかへ思い浮んで来る、剃刀の刃が、空を飛ぶ蝮のやうに、俺の頸動脈へ嚙みついて来るのは何時だらう。これは洒落ではないのだが、その刃にはEver Ready（さあ、何時なりと）と書いてあるのさ。〉という文章は梶井によって削られた。削除の理由は不明である。

闇の絵巻＝昭和五年八月稿、同年九月、「詩・現実」に発表。同誌は昭和五年六月

から六年六月、全五冊北川冬彦、飯島正、淀野隆三らの編集同人で、同誌もごく梶井と親しい「青空」のグループが参加していた。

この作品は兵庫の兄の謙一宅で書かれたものだが、この構想あるいは素材になったのは湯ヶ島にほかならない。その描写は、その地の光景、いや実景にそっくりである。梶井は他の作品でもそうだが、何もないものを幻視はしない。そこに梶井の資質があり、そこに梶井のリアリズムがあり、又空想とおりかさなる。梶井は「闇の絵巻」の草稿で次ぎのように書いている。〈……人間といふものは、その環境の影響から非常に支配されることを私は知つていた。……〉と。それは梶井が幼年の頃から、青年を経ての凡てを指してのことであろう。

「闇の絵巻」執筆の頃、梶井は改造社の懸賞小説に応募することを考えていたくらいだから、客観的なものの中に、ある進展を見出そうと努力して、闇と生への空間を確保し、己自身燃焼できるような素材を求めていたに違いない。だがすでにそれは己自身の死への戦慄であり、〈闇の中に消えていく一人の男の姿〉への異様なまでの感動はけっして今までのような絶望的な情熱ではなかった。それは精巧に己自身を闇の中にその影を想像し、見詰める、梶井の残された運命への境地があると言っていいのではあるまいか。

交尾＝昭和五年十二月稿、昭和六年一月号の「作品」に発表。同誌は昭和五年五月から十五年四月　全一二〇冊「文学」の編集同人、井伏鱒二、小林秀雄、堀辰雄らであった。

今は亡き広津和郎氏は梶井の三十三回忌がおこなわれた三田宝生院に出席され、年齢の割に〈大人〉を梶井に感じたという意味のことをたしか筑摩書房版の全集の月報に書いていた。この作品は文壇の人達にも大変人気があり、むろん当然のことだが、梶井の傑作はこのへんにあるのではないのかと、だれしもが思っていることかも知れない。市井の生活の哀歓を、しっかりと捉え、己自身もそこに溶け込んでいる。そうした現実の対処の仕方がじつに悠々としている。これはもはや青年のものではない。だが青年らしい生理的な面が、あるいは官能が梶井の美意識となり、〈猫〉と〈河鹿〉の中に、生きものの課題を梶井は己自身の鎮魂歌としてとらえ、〈俺は石だぞ、俺は石だぞ〉と言う。なにかしら陶酔したように、その観察力は澄んでいる。湯ヶ島のかわらでの河鹿へのヒントが内と外で見事な調和を奏でる。梶井は小動物たちをそこにすえてしまうのである。井伏鱒二氏が、同誌三月号の作評で〈これは生やさしい姿ではないと脱帽したい気持になった。これこそ真に神わざの小説だと思った。……〉と讃辞したのも、そうしたことであったであろう。

温泉＝昭和五年から昭和七年、死の少し前まで書かれていた。これが梶井の最後の遺稿という説も取れなくはない。だがそうしたことよりも、この作品がそのような運命で終ったことに、湯ヶ島で完成した作品と違ったもの、いわば、同じ土地の素材ながら、梶井はこの作品で自然と人間、それもひとりの男の官能を通じての人間らを描きたく思ったのではなかろうか。今でも湯ヶ島にいくとその文中にあるごとく、〈闇の底をごうごうと溪が流れている〉のだ。あの音を梶井は聞いたんだね――いつだったか私はぽつりと友人に言って酒を飲んだ。そうして共同湯は変貌をとげてはいるが、ちゃんと真中で二つに仕切られ、今でも村の人たちが、こっこっと階段を下りていく有様も変らない。それはまさに湯ヶ島の天然が少しも変っていないと同じ意味だ。

私はつい感傷的にこの作品を読んでしまう。それは「のんきな患者」の原稿料で買ったオノートの万年筆で、この「温泉」の第二稿、第三稿を書いたと昔、今は亡き淀野隆三氏に聞いていたからかも知れない。そうした意味で「温泉」を私は梶井の絶筆と想像するのである。梶井がどれだけのものを素朴な温泉郷から与えられたか、その天然の秘密こそ、梶井の資質をより高めたことには違いはないのである。

湯ヶ島時代　年譜

昭和元年（一九二六）　二十六歳

十二月、『青空』に翌年一月号のために「青空語」と「編輯後記」を書く。東京にいて血痰が目立つようになり、〈……冬至近い弱陽に殊に身体の衰えを感じ〉つつ、移地療養を考えはじめる。三十一日、飯島正に見送られ、夕刻、静岡県田方郡上狩野村湯ヶ島温泉に到着、落合楼にて年を越す。この地を選ぶにいたったのは、逗留中の川端康成を心当にしてのことであった。

昭和二年（一九二七）　二十七歳

一月、一日、湯ヶ島温泉西平の湯本館に滞在中の川端康成を訪ねる。初対面である。落合楼での長逗留は断られ、川端康成の紹介で世古ノ滝の湯川屋に移る。ここに梶井基次郎の湯ヶ島時代がはじまる。のち、川端康成は「……私は湯ヶ島滞在中に、梶井君から実に多くの自然の見方を教えられた。それらの片言隻句は、やはり私の虚を突き、人及び作家としての梶井君を知るによい鍵であった。」(「作家との旅」)と記している。同月、転地療養の通知を友人達に送り、落着きをみてから、東京で書いていた「冬の日」の推敲をはじめる。中谷孝雄、外村繁、淀野隆三らの見舞を受ける。当時の感想を中谷孝雄は「……梶井の宿はバスの停留場から数町、狩野川にそってさかのぼった所にあった。街道より低いところにたっているその宿は、すぐ下を狩野川が流れ、瀬音が少しうるさかった……」(『梶井基次郎』)と記している。下旬、池谷信三郎を識る。小山田嘉一夫妻の見舞を受ける。

二月、『青空』に「冬の日」を発表。松村一雄『青空』に加わる。この頃、作家の左傾が盛んに行われ、プロレタリア文学の著しい台頭が見られる。梶井もこれに強い関心を抱く。

三月、「冬の日」の続篇に着手したが、完結にいたらず中止する。中旬、川端康成に囲碁を習う。藤沢桓夫、小野勇を識る。下旬、三好達治が見舞に来て、十日余り滞在する。この折、三好の未定稿「街」を絶讃する。淀野隆三は「……梶井と三好とは相互に尊敬し合っていた。梶井は梶井で三好の詩篇を吹聴し、三好は三好で、例えば梶井の「冬の日」を一面識もない室生犀星のところへ手紙を添えて送りとどけたことさえあった。このことは梶井自身が後年（昭七年・死去の年）中谷孝雄に書き送り、三好の〈勇敢〉な友情に感謝している。私は三好のこういう勇敢な推輓が「冬の蠅」の『創作月刊』への発表を可能とするに当って力あったのではないかと考えるのだ」（筑摩書房版「現代日本文学全集第43巻月報」）と書いている。

四月、『青空』に「冬の日」の続篇を発表。相変らず血痰を見る。五日、川端康成は横光利一の結婚式に参列のため上京、そのまま湯ヶ島へは戻らなかった。梶井は結核というい わば当時の〈死の病〉との中で湯ヶ島の春の自然に心うたれ、その観察に生き甲斐を見出すようになる。そうした中で一方では中野重治の「四つん這ひになったインテリゲンチヤ」（『辻馬車』五月号）に感動する。

五月、七度八分の熱に耐えながら「闇の絵巻」「筧の話」などの五、六枚の草稿を書きはじめる。新居格を識る。

六月、『青空』六月号（第三巻第六号、通巻二十八冊）をもって休刊となる。中谷孝雄はこの間のいきさつを「……外村と淀野との家は、どちらも豊かな商家であったが、五月の経済界の恐慌は彼等の家にも影響するところがあり、彼等としてももう余分の金を家から引出しにくくなってしまったのだ。こうして、『青空』は大正十四年一月創刊以来、巻を重ねること二十八号――同人達はみんな無名の文学青年のままこの世に放りだされてしまったのだった」(『同人』)と記している。

七月、三好達治、淀野隆三、卒業論文製作のため湯ヶ島に来る。川端康成に勧められ来湯した尾崎士郎、宇野千代、広津和郎、萩原朔太郎らを識る。宇野千代は梶井について「梶井の名作の殆んど凡ては、湯ヶ島で書かれたものでした。『もの分りの好い小父さん。』若いのにも拘らず、そう言う印象の彼と、それらの作品とは、一眼では繋がりの分らないものでした。私もときどき、瀬古の滝の彼の宿へ遊びに行きましたが、机と茶盆と煙草の吸殻のほかには何もないその部屋に、ウヴィガンの香水の空壜があったのを、異様なこととして、いまでも覚えています。仕事をしている気配は少しも見えないのに、紙屑籠には夥しい原稿の書き損じがありました。書けない、と言うことさえ、人には気付かれぬ風をしていたかと思います。」(『私の文学的回想記』)と記している。

九月、上京、十八日帰湯。

十月、五日、帰京する宇野千代、三好達治と三島で別れ、帰阪。京都大学附属病院で診察を受ける。結果は〈……右肺は掌大位背部が、左肺は肋骨ノ三枚目位まで胸部が悪い、ラッセルの音は種々、肋膜のすれあう音がする、貧血、来春まで静養するように〉という悲観的なものであった。十七日、再び湯ヶ島にもどる。風邪で臥床しながら短篇にとりかかるが捗らず苦吟する。

十一月、見通しのつかない病をかかえて、紅葉を見に天城のトンネルまで出かけ、そのまま峠を越えて、夜道を湯ケ野まで歩き、一泊する。翌日、下田港、蓮台寺、河内などを見物して、湯ヶ島にもどるが、過労がたたって数日臥床する。この経験はのち「冬の蠅」に結晶した。

十二月、詩誌『亜』の終刊号に「『亜』の回想」を書く。浅見淵より『文芸都市』への参加を勧められて承諾。下旬、萩原朔太郎に依頼し『近代風景』に「筧の話」と「器楽的幻覚」を送る。アーサー・シモンズの英訳でボードレールの詩を愛読する。この年の書簡は生涯で一番多く六十七通。

昭和三年（一九二八）　二十八歳

一月、三日、熱海の小沢鳥尾別荘に川端康成を訪ね、その足で上京、馬込村に尾崎士郎、宇野千代、広津和郎、萩原朔太郎を訪ねる。十三日、湯ヶ島にもどる。下旬、三十九度の発熱。

二月、発熱の日々が続く。中旬、「蒼穹」脱稿。

三月、『文芸都市』に「蒼穹」を発表。上旬上京、『青空』同人や武田麟太郎らに会い、十五日湯ヶ島に戻る。

四月、『近代風景』に「筧の話」が掲載される。下旬、〈現社会の最も面白い活気ある部分に触れたい〉という心情のうちに本所深川方面に移住することを夢見る。

五月、『創作月刊』に「冬の蠅」を、『近代風景』に「器楽的幻覚」を発表。上旬、上京。麻布飯倉の堀口方に仮寓。一年四ヶ月余りの湯ヶ島での生活はここに終った。

石川　弘　編

V

檸檬忌のこと

安藤公夫

昭和四十六年（一九七一）十一月三日、梶井基次郎文学碑の除幕式を終えたあとで、ささやかな慰労会を催した。その席で誰からともなく、年に一度、碑の前に集まる会をつくろうという話が出て、その場で決った。名称は「檸檬忌」とし、時期は碑文に合せて五月が適当ということになった。梶井さんの命日は三月二十四日だが「忌」といえどもそれにはあえてこだわらなかった。檸檬忌は今年ですでに七回目を迎える。その間に出席して下さった方々は「青空」同人、梶井さんの親族、梶井文学愛好者等、老人から若い人達まで様々であった。会には毎回例外なく五、六十人位の人々が集った。遠くは九州から出席される人もあったり、小さいながらも和気藹々とした楽しい集いである。梶井文学を愛する人なら誰でも参加できる会で、住所さえ知らせて下さればどなたにも案内状を差し出している。会の運行は、前夜湯川屋に全員宿泊し「梶井を語る会」を開く。酒を酌みながら、同人の先生方に生（なま）の梶井像を語って頂いたり、若い人達には梶井文学に対する所感を述べてもらったり、実に楽しい一夜である。翌日は十時頃から、梶井さんの写真、三高時代愛用した古びたズックの鞄、レモン、好きだった京都の駿河屋の羊羹、食べたかったが湯川屋でくれなかったと淀野隆三先生宛の手紙（一九二七年三月十八日附）に書いてある草餅等を碑の前に供え、ひととき全員で梶井さんを偲びつつ、青空の下で野菜の煮しめ等を肴に竹酒を飲み交すのである。周囲では碑文にある、つつじ、石楠花が美しく咲き乱れ、裏山からは鶯の声もきこえ、『闇の絵巻』にある「昼間は金毛の兎が遊んでいるように見える谿向うの枯萱山」が眼の前に見えて、爽やかなひとときである。

　梶井さんが亡くなって既に四十五年、当時と比べて湯ヶ島の風物には大きな変化があったとしても、作品『蒼穹』『闇の絵巻』『交尾』『冬の蠅』『温泉』『藪熊亭』の文中にある、山、川、道、家、木、石、人は今尚生々として湯ヶ島に在る。碑の前に集った人々は何時しか四十五年前の湯ヶ島に思いをはしらせる。何回目かの檸檬忌に中谷先生は碑の前の芝の上にどっかとあぐらをかいて「私は今ここで死んでもいいんだ。」としみじみ述懐された。おそらく先生も往時に還って、石となった梶井さんと話をしているのである。

昭和四十八年（一九七三）の檸檬忌には、お兄さんの家で見つかった梶井さんの臍の緒を、硬質のプラスチックの壺に、旺文社文庫の『檸檬、ある心の風景』と共に入れ、碑の脇に埋めた。そして、それを「檸檬塚」とした。

年々歳々、碑の前に集る人は変ってゆくだろうが梶井さんは自分の珠玉のような文学と共に永遠にここに在って人々に語りかけてくれる。梶井文学を愛しそれを次代に伝えてくれる若き人々が一人でも多く集ってくれることを、いま宿の主人として心から念願するのである。

『檸檬忌』は湯川屋の収容力の関係で五、六十人しか集って頂けないのですがこの本を読まれて出席を希望される方は御一報下されば人数を限って優先的に受付させて頂きます。毎年五月上旬頃に行なっています。

脚註

文責　小山榮雅

「梶井基次郎のこと」―宇野千代氏に聞く―

1 家を改築中で直接対談をすることができなかった。

2 『梶井基次郎全集』（筑摩書房刊）「月報2」（昭和三十四年五月）『檸檬通信』。

3 湯本館。

4 『梶井さんの思い出』。

5 淀野隆三編年譜。

6 中谷孝雄氏によると〝敷島〟だったとのことである。

7 『梶井さんの思い出』。

8 狩野川。

9 このときの体験が『冬の蠅』となった。

10 『梶井さんの思い出』。

11 現在の東京都大田区馬込。昭和初期には文士村といわれた程、小説家、詩人が住んでいた。

12 『私の文学的回想記』（中央公論社刊）。

13 同右。

14 昭和三年（一九二八）一月二日付淀野隆三宛書簡に「母に生活費の半分位は自分でとると云って来た。」とある。

座談会〝思い出すままに〟

1 天城湯ヶ島町一五一。

2 湯ヶ島尋常高等小学校で現在の湯ヶ島小学校の前身である。昭和五年四月からいまの地へ移った。

3 1に同じ。

4 「天城倶楽部」。いまは廃屋になってしまったが、建物は当時のままの姿で残っている。(増補版註：令和五年現在、建物は現存していない)

5 天城湯ヶ島町上船原。

6 地方から来た人で現在はその子孫はいない。

7 六人乗の馬車であった。

8 中外鉱業持越鉱業所。

9 九郎橋と林川橋。

10 湯川屋の客湯も兼ねていた。湯川屋のすぐ下の猫越川の川淵にあって、湯ヶ島一の名湯といわれた。現在も当時の場所に在って村人たちに使われている。

11 安藤保作、安藤かつ。

12 昭和二年(一九二七)二月二日付小山田嘉一宛書簡。

13 丸善製が多かったが、ときには神楽坂の山田製のも使用した。

14 料理についてはかれは手紙にこんなふうに書いている。「一人前のすき焼、甘い茶碗蒸、赤い刺身、小あぢの酢のもの、かまぼこと椎茸の吸物さ。」(一九二七年二月二日付、中谷孝雄宛)「食事もかなり新鮮な魚や鳥獣肉がある。」(同年二月五日付畠田敏夫宛)

15 猫越川。
16 昭和二年（一九二七）二月一日付清水蓼作宛書簡と同年二月四日付近藤直人宛書簡に詳しい。
17 天城湯ヶ島町金山。
18 天城湯ヶ島町。
19 天城湯ヶ島町市山。
20 湯本館の脇に在った共同湯。
21 世古の滝組。湯ヶ島には二十六の組がある。
22 日記に、「三時〜四時頃に来てゐる二十位の女、この娘は身体よし、後ろより見るに胸と腰とが二つにくびれ、乳房はなにかポケットのある服を着てゐるやう、「鎧つてゐる」感じなり。この娘は弟らしい子供を連れて来る、この二人はきまつて来るやうなり。」（一九二七年十二月一日）とでてくる。
23 天城湯ケ島町西平新宿。
24 小森よし。
25 小森清一。
26 日記に、「宿を出るとき入浴した、そのとき落合の美しい女中と、……」（一九二七年十二月五日）とでてくる。
27 安藤ます。愛称であきちゃんと云った。
28 稲葉病院。
29 昭和二年（一九二七）二月一日清水蓼作宛書簡。
30 三月七日付淀野隆三宛書簡。

31　手紙に、「昨日は大神楽といふのが来ました。五六日前宿で見かけたのですが、この大神楽、といふ奴は気の長い奴で、市山を三日間、宿を二日間、大滝を一日、長野を一日、茅野を一日、世古ノ滝と西平を二日間で、各家の前へ立つて獅子舞をやつて米や金を貰ふのです。」（一九二七年十一月二十六日付淀野隆三宛）とある。

32　手紙に、「昨夜は上の杉山さんで浄るり義太夫の会があつた。」（一九二七年十一月十一日付淀野隆三宛）とでてくる。

33　板垣助忠氏の経営。

34　名字は不明。天城湯ヶ島町月ヶ瀬の人。

35　芸名を竹本東福。本名は不明。

36　手紙に「今湯ヶ島では栗島澄子などが来て馬車屋の娘といふのをロケイションしてゐるといふことだ。若し明日天気だつたら見物にゆく積りだ。」（一九二七年十二月十四日付北川冬彦宛）とでてくる。

37　一九二七年四月三十日付書簡。

38　湯川屋のすぐ前にある飲み屋。いまは旅館になって「世古館」といっている。

39　手紙に、「封入した五円は世古楼の払ひに借りたの、帰つて金を貰つて来たからお返ししておく。」（一九二七年十月十九日付淀野隆三宛）とでてくる。

40　古見実氏。

41　アメリカ製フォード。

42　手紙に、「それから火事の一件。（中略）成程、見てゐると吉奈の方角から消防の装束をした村人が各々自転車のクロッスカントリーレースのやうに自転車を飛ばせて来る。（中略）火事は、聞くと一里離れた御料林ださうだ。」（一九二七年二月二日付小山田喜一宛）とでてくる。

43 当時湯ヶ島消防団が視察した場所は磐田市周辺の堀ノ内町、西山口村、富塚村、川野合草村、吉町村、新所原村の六カ所であった。

44 手紙に、「警察の前へ行くと湯川屋の主人も火事装束でゐる、黒帽に四本筋、これが一番威張つてゐるらしい、煙草の火を借りて火事の模様をきく。」（同右）とでてくる。

45 昭和二年（一九二七）十二月一日の日記。

46 内田源次郎氏。

47 四月三十日付川端康成宛書簡。

48 天城湯ヶ島町宿。

49 天城湯ヶ島町大滝。

50 手紙には、「窓からの散歩」（十一月二十六日付北神正宛）と書かれている。

51 このことは手紙にも出てくる。「山腹の遠い杉の植林からは煙のやうに花粉が風にあふられてゐる。」（三月十八日付清水蓼作宛）また『蒼穹』には、「三月の半頃私はよく山を歛った杉林から山火事のやうな煙が起るのを見た。それは日のよくあたる風の吹く、ほどよい湿度と温度とが幸ひする日、杉林が一斉に飛ばす花粉の煙であつた。」と書かれている。

52 手紙には、「僕は此頃やや初冬のなかで落着いてゐる、日光浴、服薬など規律的にやつてゐる、血痰は少なくなつた」（十一月二十六日付北神正宛）とあり、日記には、「母よりアルゼンフエラトーゼ二瓶、書留小包で来る。」（十二月九日）とある。

53 「今七度一分程の熱それから痰（これは時々小量の血混ることあり）がまだ去りません。」（二月四日付近藤直人宛）とか、「まだ少し間違ふと血痰が出て来たりする。」（五月二十三日付忽那吉之助宛）とか、随所にでてくる。

54　作品『闇の絵巻』参照。

55　歌の曲名については、小森ふさえさんも覚えていない。

梶井基次郎について―特に〝湯ヶ島時代〟を中心に―

1　二月十七日、大阪市西区土佐堀五丁目に父宗太郎、母ひさの次男として生れた。

2　三月二十四日午前二時、大阪市住吉区王子町二丁目の自宅で、母と弟に見とられて永眠。

3　大正九年（一九二〇）五月、結核の兆候が現われる。十九歳のときである。

4　「青空」「近代風景」「文芸都市」「創作月刊」「詩と詩論」など。

5　昭和七年（一九三二）一月号。

6　中央公論社版『日本の文学』34〝内田百閒・牧野信一・稲垣足穂集〟解説。

7　泥酔でのすさみようは凄じく、無頼漢と喧嘩をしたり、甘栗屋の鍋に牛肉を投げ込んだり、中華ソバ屋の屋台をひっくりかえしたり、乱暴の限りをつくした。

8　かれがはじめて遊里に上るのは大正十年（一九二一）十月のことである。二十歳であった。誘ったのは友人の中谷孝雄で、そのときの様子を氏は名著『梶井基次郎』のなかでつぎのように言っている。「街に出るとすぐ酒であつた。そして酔つぱらつたあげくが、梶井にとつては初めての遊廓であつた。私と津守（友人）とは、前からときどきそんなところへも足を踏み入れてゐたが、その夜それをいひ出したのは梶井であつた。「おれに童貞を捨てさせろ！」そんなことを怒鳴りながら梶井は、祇園石段下の電車通りへ大の字にねて動かうともしなかつた。」

9 高校時代全般にわたって、いわゆる学業は怠っている。桑原武夫氏の『詩人の手紙』（筑摩書房）には、当時の梶井の印象が象徴的につぎのように描かれている。「二階の教室の窓から表門のほうを見ると、彼は九時半ごろになって、小学校の生徒がかけるようなズックのカバンをよれよれの学生服の上に斜めに肩からかけ、物憂そうにはいってくるが、玄関前のまるい植込みを一周するか、それともせいぜい掲示板の所まできて、それを一わたりゆっくりながめると、そのまま教室のほうへは向わないで、すうっとまた校門から消えていってしまう。」

10 理科甲類。

11 文学の他に音楽にもつよい関心を示した。のちに絵画にも心を寄せ特にセザンヌを愛した。

12 習作と言えるものは、おおよそ二十四篇残されている。

13 卒業に際しては単位が足りず、重病人を装って、人力車を仕立てて各教授宅を歴訪し、やっと卒業にこぎつけた。

14 上京をしたかれは本郷区（現文京区）本郷三丁目、蓋平館支店（現在の地下鉄本郷三丁目駅附近）へ下宿。つづいて東京市外（現目黒区）中目黒八十川宅へ下宿する。

15 同人はこの他に小林馨、忽那吉之助、浅沼喜実、北神正、清水蓼作、浅見篤、古沢安二郎、龍村謙、松村一雄らがいた。

16 中谷孝雄著『梶井基次郎』〝あとがき〟。

17 大正十五年（一九二六）八月「新潮」十月号（新人特集号）への執筆依頼を受ける。

18 このころかれは芝（現港区）飯倉片町の堀口という植木屋の二階に下宿していた。

19 『桜の樹の下には』は「詩と詩論」、『器楽的幻覚』と『筧の話』は「近代風景」、『蒼穹』は「文芸都市」、『冬の蝿』は「創作月刊」にそれぞれ発表された。

20 昭和三年（一九二八）九月三日、大阪市住吉区阿部野町の実家へ帰った。

21 「文芸都市」に発表。梶井はこのときの同人会に出席している。舟橋聖一も同人であったが、そのころのかれのことを『対談現代文壇史』（高見順、中央公論社刊）のなかでつぎのように言っている。「梶井はもうかなり肺が悪くてね、同人会なんかでも、黴菌が出るといったもんだ。梶井の真向いなんぞには、なるべく坐らないようにしてたね。」

22 昭和六年（一九三一）五月十五日、武蔵野書院より刊行。

23 桑原武夫著『詩人の手紙』（筑摩書房刊）。

24 「梶井基次郎を継ぐもの」。井上氏は他にも「新刊『檸檬』」を書き、やはり梶井を激賞している。かれが『のんきな患者』を書いた情況は凄絶そのものであった。「天気引緊リテ寒シ、午後悪寒ヲ覚エ……』とか、「午後ヨリ悪寒ハジマル。仕事能率ワルシ」とか、「夜床ノ上デ仕事ヲスル」とか、「昨夜来呼吸の困難のため殆ど安眠せず。神気衰ふ。仕事ニカカラントスルモ、能ハズ」とかいう情況が「日記」に書きこまれている。

25

26 身体は相当に悪化をしていた。書簡にも「僕は夏頃からわるかつた肺臓が此頃またわるくなつてしまつた、冬至近い弱陽に殊に身体の衰へを感じる。」（一九二六年十二月九日付宇賀康宛）とみえる。

27 三好達治『梶井基次郎』（一九五〇年三月号「文芸」に発表）。

28 書簡には「昨夜は落合楼といふのへ行つたが長逗留は歓迎しないのです。宿は川端氏に取つてもらひました。」（一月一日付飯島正宛）とある。板前の「久さん」は大川久一氏。

29 猫越川。

30 川端氏についてはかれは書簡で「非常に親切で僕は湯ヶ島へ来たことを幸福に思つてゐる。」

31 （一月四日付淀野隆三宛）といっている。

書簡には「済みませんが、なにか菓子を送つて下さい。うまいもの、何もお思ひ当りにならなかつたら三條小橋の駿河屋の豆平糖。たくさんはいりません。茶がたのしみで、菓子がないのです。」（二月四日付近藤直人宛）をはじめ何ヶ所もでてくる。

32 宇野千代著『私の文学的回想記』（中央公論社刊）。

33 第三巻第六号で休刊となった。通巻二十八冊であった。

34 書簡に「三四十円の金はくれるやうに仕事を見つけ度いと思つてゐる、まだ小説では食へない。飜譯の下職か、あれば少年小説少女小説かを売り込むか、これまだ成算立たず。英語教師の内職もあればするつもり。」（二月五日付畠田敏夫宛）とあり、つづいて「この一年が生活の上で一番むづかしいときと思ふ。」と苦悩を示している。

35 宇野千代『私の文学的回想記』

36 書簡には「僕は京都の医者には東京の医者よりも辛いことを云はれ少々悲観してゐる。十七日に京都大阪より帰り以来静かに病を養つてゐる。」（十月三十一日付北川冬彦宛）とある。

37 書簡に「両親は随分老ひぼれた、僕は老年といふことを両親を通して眺めた。可愛さうだ。僕も早く独立してやらねばいけない。湯ヶ島にゐて創作に熱中することだけそれだけしか方法はない。一生懸命にやる。」（十月十九日付淀野隆三宛）とある。

38 書簡の記述から筆者は十一月一日と推定した。実際には不明となっている。したがって十一月上旬とするのが普通である。

39 十一月一日付中谷孝雄宛書簡。

40 大谷晃一は『評伝梶井基次郎』のなかで、このときのかれの天城越えにふれ、これは事実ではないと論じている。当時湯ヶ島に来ていた藤沢恒夫と共にバスで天城を越え下田へ一泊したときの体験が梶井ふうに創作されたというのがその主旨である。そして「下田行きは一度だと思われるが、もしそうなら、梶井文学の創作の秘密がかなり明らかになる。事実は、歩いてはいない。同じなのは、彼がそのころに抱いた心象風景の半面であろう。」といっている。これはいわば新説だが、作者の綿密なる調査の結果として信憑性はそれなりに高い。しかし、私は当時の梶井の存在の内面に重点を置いて、あえて『冬の蠅』の記述をそのまま再主した。また書簡に「此の間は紅葉見と、トンネルでは夕方になると鹿が鳴くといふのでトンネルへ行つて見たのですが　夜路を湯ヶ野まで歩いてたうたう身体をこはしました。」（十一月七日付川端秀子宛）とあり、一方別の書簡にも「夕方出かけて紅葉見をした、夕方でもなかつたのだが冬至近い日は暮れ易くあの大溪谷が闇に鎖されるのを見ながら湯ヶ野まで歩いてしまつた。一泊して翌日帰つたのですが、下田港蓮台寺河内なども瞥見して来ました。闇の天城越えは今思つても寒い。身体を少し痛めたやうでしたが昨日今日あたりで平常に返つたと思つてゐます。」（十一月十一日付淀野降三宛）とあるので、私はかれが夜道を歩いたものと推定し、従って『冬の蠅』もこのときの体験が再生されたと考えている。

41　一九二八年一月仲町貞子宛書簡。

42　一九二八年四月三十日付淀野隆三宛書簡や同年五月仲町貞子宛書簡にみられる。

43　その後もう一度湯ヶ島へ行きたい旨の手紙を梶井は湯川屋へ出している。しかし家族への病気の感染を気づかった安藤保作は梶井のその申し出を、それとなく断った。

あとがき

いつであったか、石川弘、小山榮雅両氏から、「文学碑を建てただけでは、あなたの梶井さんに対する責務は、十全には終っていませんよ。」と言われたことがある。つづいて「梶井文学のふる里、湯ヶ島について、作品、書簡を通じ、できる限り正確な記録を残し、梶井文学を愛する人達に、より深く、より広く、湯ヶ島を知ってもらうことこそ、梶井さんに対するあなたの務めです。」と、文章でそれらのことを残すように、すすめられた。

そう言われてみると、私にしても感じるところがないわけではなかったが、何しろ日頃文章などは綴ったことがないゆえに、全く自信が持てなかった。そこで、私の方も条件を出して、お二人の全面的なお力添えをいただければと、執筆を承諾したのである。

商売の合間を盗んで、私は作業を開始した。まず、作品、書簡を何度も読み返し、人物、地理、出来事を、仔細にチェックしていった。しかし、五十年の歳月は、湯ヶ島を大きく変えてしまっている。僅かに残っている人達から当時のことを聞き、古い写真を探し出し、或は作品の場所へ坐り込み、必死になって少年の頃の記憶をよび戻した。

この間、小山氏には何度か湯ヶ島へ来てもらい、当時の女中さん達によびかけて座談会を開いたり、原稿についても助言を頂いた。また、宇野千代さんとの対談も、小山氏ならではのことと言う他はない。石川氏にも、その都度、適切なアドバイスを受け、どうやら拙稿をまとめあげることができたのである。勝呂睦男氏は、両三度来湯し、風物の撮影や、古い写真の複写を引受けて下さった。そのおかげで、この本には、貴重な写真を存分に掲載することができた。

最後になってしまったが、中谷孝雄先生からは、心暖まる序文をいただいた。このことは、親友梶井基次郎への先生の並々ならぬ友情にはちがいないが、私も私なりに、生涯の素晴しい思い出として、心にふかく刻みこんでおきたいのである。

これらの人々の惜しみない協力をいただけなければ、この本は、とうてい上梓できなかったであろう。心から感謝する次第である。

昭和五十三年　春

安藤公夫

執筆者略歴

中谷孝雄　明治三十四年三重県に生る。東大独文中退、「春の絵巻」「業平系図」「のどかな戦場」「招魂の賦」「梶井基次郎」「陶淵明」「芭蕉」「中谷孝雄全集」など多数。

宇野千代　明治三十年山口県に生る。高女卒、芸術院会員。「色ざんげ」「おはん」「刺す」「薄墨の桜」「私の文学的回想記」「宇野千代全集」など多数。

石川　弘　昭和十年東京に生る。中央大学商学部卒。「梶井基次郎論」詩集「ある心情の下に」「檀一雄年譜・著書目録」小説集「形ないもの」詩集「死のかげそして」。

小山榮雅　昭和十二年東京に生る。大正大学卒。真言宗智山派宝生院住職。「梶井基次郎の死」「山頭火の漂泊」「梶井基次郎」詩集「微熱」。

青春の陰影——梶井基次郎

勝呂　奏

梶井基次郎の文学と出合ったのは、高校二年生の時の『現代国語』の授業が最初だった。作品は「路上」で、どのような感想を抱いたかは、はっきり記憶しない。しかし、崖道を滑ったことを小説に書こうと思った〈自分〉の鞄に、どこで入ったか知れない〈泥の固り〉があって本を汚していたとあった、その〈泥の固り〉みたいなものを、僕は心に長く持ち続けるようになった。梶井が気になって仕方ない作家になったのであるが、それにはある事情が手伝っている。

「路上」を教室で教えてくれたのは、高橋勝幸先生だった。五十歳に手の届くベテラン教師で、いつも教壇の椅子に腰掛けて、板書も手の届くところだけで済ませ、すこぶる詰まらなそうな話し方をしていた。ところが、生徒から〈偉大なる暗闇〉と敬意を払われていたように、漱石の『三四郎』に出て来る広田先生はこんな人かと思わせる趣きがあった。その高橋先生が参考にと、梶井の「城のある町にて」の一節を、それこそ詰まらなそうに朗読してくれたのだ。そして、「いや、いいですね」と、解説するでもなく呟いた。この時、僕に何かが判ったのではない。ただ、この「いいですね」の一言で、梶井は特別になったのだ。

同じ授業を受けていた一人に安藤哲夫君がいた。哲夫君も僕も、まだいたずらをしたい気持を残した少年で、中学は別々だったが、入学早々から仲良くなった。その哲夫君が、「梶井って、僕の家のお客だったんだ」と教えてくれたのだ。哲夫君が湯ヶ島の旅館の息子であることは知っていたが、何と梶井が結核の療養に逗留した湯川屋の人とは、これを奇遇と言うのだろう。高橋先生の感化で読んでいた文庫本の『檸檬』は急に身近になって、僕にとって梶井その人が他人ではなくなった。特に湯ヶ島を舞台にした作品「蒼穹」「筧の話」「冬の蠅」「闇の絵巻」等は、哲夫君の道案内で読んだ具合だった。

その後、大学の文学部に進学した僕が、初めて購入した個人全集は、筑摩書房版の『梶井基次郎全集』だった。他のどれよりも、まずこれが欲しかった理由は、もう書くまでもないだろう。箱入り布装の三巻本は、今もこれを開くとその時の喜びが甦って来る。そんな時に哲夫君の御尊父の公夫さんが編著『梶井基次郎と湯ヶ島』を上梓されたことを知って、厚かましくもこれをねだった。しばらくして哲夫君から手渡されたのは、昭和五十三年六月一日発行の奥付を持つ皆美社からのもので、版形は文庫版でも箱入りの、表紙を和紙で装幀した品のいい本だった。嬉しいことに、公夫さんの能筆で献呈が墨書されていた。今回装幀を新たに三刊として復刊される本書の原著である。

『梶井基次郎と湯ヶ島』は、飾らない公夫さんの慕わしい人柄が、編集の隅々に行き届いた一冊だった。公夫さんだけが知る思い出を交えた作品考証を始め、小山榮雅の論文や石川弘の作品鑑賞など、湯ヶ島時代の梶井の文学を知るには、他の類書の到底及ばない好著である。それまで梶井との交際の多くを語らなかった宇野千代へのインタビューや、梶井の湯川屋滞在中を知る人達の座談会もあって、梶井の姿が彷彿してくる。湯ヶ島時代の梶井の作品を読む際に、僕にはこの一冊が手放せないものになった。

ところで、公夫さんは湯川屋の主人として、縁あってこの本をまとめることを大切にしていたのであるが、梶井文学へのその思いを他にも形にし続けた。出版に先立つ昭和四十六年十一月、それ以前から諸方面に働き掛けていた〈梶井基次郎文学碑〉を、湯川屋の向かいの山に建立することを実現させた。そして、その日の参会者の求めに応えて〈檸檬忌〉を毎年主催するようになり、昭和四十八年には梶井の遺族に託された臍の緒を納めた〈檸檬塚〉も文学碑の脇に作った。更には近くに隠居所としてひとき亭を建てて梶井文学の小文学館にして、平成八年に亡くなるまでを過ごすことになった。こうして公夫さんを守り人に、湯ヶ島は梶井文学の聖地になったのだ。

梶井生誕百年を翌年にした平成十二年、公夫さんの後を継いだ隆夫さんに、温泉文化祭を機会に途絶えていた〈檸檬忌〉を持つので、講師を務めて貰えないかと声を掛けて戴いた。こんな名誉はないと快諾したが、僕の胸中には前年に病を得て、闘病の末に若くして逝去した隆夫さんの末弟哲夫君のことがあった。彼に得た友情に応える機会を恵まれた思いだった。

湯ヶ島の渓流に螢の舞う頃、三十人からの梶井ファンが、〈檸檬忌〉の再開を喜んで湯川屋に集った。それこそ老若男女、学生もいれば、小説を書いている中年女性、初老の医者も俳句結社の吟行グループもいた。誰もがそれぞれに僕と同じ、梶井への特別な思いを抱いていた。僕の拙い講演の後、切り口鮮やかな青竹でお燗した酒を酌み交わして夕食を愉しんだ。料理は亡き公夫さんの夫人、いとさんの心尽くしだった。そして、梶井の親しんだ猫越川沿いの渓道を、湧き上がる螢の火を眺めて散歩した。梶井が、そして公夫さんの努力が、この時をもたらしたのだと感謝しないではいられなかった。

大学で梶井文学を講じながら思うことがある。その向こうに哲夫君の顔が見えて思いの迫ることがあるが、高校生の時に「路上」から受け止めた〈泥の固り〉は何だったろうと言うことである。最早それは象徴的な意味になっていて、実態は摑めそうにない。しかし、太宰治の文学を青春の麻疹のように言った奥野健男の至言があってみれば、梶井文学を慢性の病にしている自分がいるのだ。僕を魅しているそれが何であるのか、今も問わずにいられない。

例えばそれは、青春の生のはらむ陰影とでも呼ぶべきものだろう。「蒼穹」にも「闇の絵巻」にも描かれる次のような一齣がある。闇の包む街道を歩く〈私〉は、その途中の一軒家から洩れる明かりを一人の男が過ぎり、闇へと消えて行くのを見る。梶井はそこに〈その闇のなかへ同じような絶望的な順序で消えてゆく私自身を想像し、云い知れぬ恐怖と情熱を覚えたのである〉と書いている。この苦い人生の認識は、眩しくもある青春に潜む真実な思いに他ならない。それを知るが故に、「筧の話」に〈「課せられているのは永遠の退屈だ。生の幻影は絶望と重なっている。」〉とも書いたのだろう。青春の陰影をまざまざと読ませるところに、僕の梶井文学への傾倒はあるようだ。

今回、志ある人達の力で、湯ヶ島に〈檸檬忌〉が復活する。本著『梶井基次郎と湯ヶ島』はそれに伴う復刊だが、これを待望していた人は多い。湯川屋は平成十六年末に惜しまれて廃業してしまったが、湯ヶ島で梶井文学の読み継がれることを、誰よりも泉下の安藤公夫さんが喜ばれているに違いない。

（桜美林大学）

［附記］本書の復刊を発案し、大切な推進力であった井上靖文学館館長・松本亮三氏が、二〇一五年九月二十九日に七十四歳で急逝された。謹んでご冥福をお祈りし、刊行を見た本書をお供え申し上げる。

本書は、昭和53年5月　皆美社より刊行されたものを加筆修正しました。

VI

※本章には、昭和46年に梶井基次郎文学碑が建立された際に発行された記念誌「梶井基次郎文学碑」（昭和47年　梶井基次郎文学碑建設世話人会発行）を抄録している。

※一部寄稿文章について、著作権（継承）者の連絡先が不明なものがあります。

お心当たりのある方は奥付に記載の連絡先までお申し出ください。

除幕式を終って

中谷孝雄

梶井基次郎の文学碑が彼に縁故の深い伊豆湯ヶ島温泉に建設され、去る十一月三日その除幕式に際し彼の旧友達やまた彼の文学を愛する多くの人びとの参列を得たことは、私の深く喜びとするところである。

思えば一五、六年も前のことであった。湯川屋主人の安藤公夫氏から梶井の文学碑を建設したいとの要望があり、淀野隆三と三好達治と私との三人でその相談のために湯ヶ島へ赴いたのであったが、諸種の事情で建設の準備がまだ整わないうちに三好と淀野とが相次いで世を去ったので、その実現ものびのびになってしまった。そのうちに三好の詩碑の方が先に建設されることになり、私としても梶井の文学碑のことがいよいよ気がかりになりだした。幸、このたび漸くその機が熟し多年の懸案が果されるにいたったことは、これひとえに諸氏の熱心なご協力の賜物であり、われらの深く感謝するところである。

ことに川端康成氏がわれらの願いを容れて快く副碑の題字を執筆してくださったばかりか、同氏宛の梶井の書簡を貸与してその一節を彼の文学碑の碑面に刻する便をはかってくださったことは、われらのみならず、恐らく地下の梶井も大いに感謝していることであろう。生前、梶井は川端氏に傾倒すること深く、川端氏の方でもこの後輩に期待されるところは大きかったようだ。

湯川屋主人安藤氏の終始変らぬ熱心さや梶井の長兄謙一氏始めその一家の協力も大きかったが、皆美社の関口弥重吉君や石川弘君の尽力にも銘記すべきものがあった。文学碑建設の事務一切は、殆んどこの二人でやってくれたのであった。碑の設計者西瀬英一・英行の父子を紹介してくれたのも関口君であり、その後の西瀬父子との連絡には主として石川君が当ってくれた。私は事務一切をこの両君に任し、碑の設計に就いては西瀬父子にお任せして一切口出ししないことにした。聞けば西瀬父子も梶井文学の愛好者であり、碑の設計建立には献身的な努力を惜しまれなかった。

また除幕式の当日には、俳誌「秋」の主宰者石原八束君が司会の労をとってくれた。石原君は三好達治の門下であり、三好の詩碑の建設に与って大いに力を致したが、同君はまた梶井文学の愛好者でもあり、こんどの司会も快く引受けてくれた。聞けば同君はその夜の飛行機でアメリカへ立つことにな

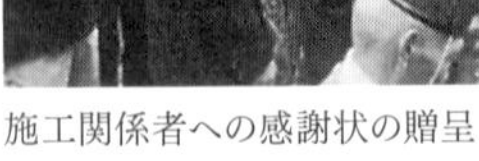

施工関係者への感謝状の贈呈

っており、多忙な時間をやっと都合して会場へ馳けつけてくれたのであった。

　こうして多くの人びとの協力により、梶井の文学碑は立派に完成しその除幕式もめでたく終ったが、私は何もしないのに妙に疲れてしまい、当日参集してくださったかたがたへのお礼もろくに述べないでしまったようだ。ここに改めてそれらのかたがたへの感謝の意を表したいと思う。

梶井基次郎の文学碑

北川冬彦

こんど、梶井基次郎の文学碑が建てられた。私はだいたい文学碑は否定的である。城ヶ島の白秋のものくらい巨大なら別だが、文学碑が公園に建てられたりして、心ない観光客に落書されたり、子どもたちの乗物になったり、ひどく汚されてあわれなのを幾つか知っているからである。

　ところが梶井基次郎の文学碑は、かれが幾つかの傑作小説を書いた湯ヶ島の、見晴らしのいい小山の中腹に建てられているし、すぐ目の下では梶井の寝起した旅館湯川屋の人たちの眼がたえず光っているであろうから、およそ被害からは遠いにちがいないと思われるので、日ごろ文学碑に否定的な私だけれど、この文学碑の存在は認めずにはいられない。

ついては、この梶井の文学碑をゆきずりにせよ訪れる人なら、彼の小説をぜひ繙いてほしいと思うのである。きっと、かれの稀有な芸術の純粋さに感動せずにはいられないであろう。たいていの文学全集には、それらの小説は載っているはずだ。

除幕式に列して

浅野　晃

　湯ヶ島を訪れたのは、戦後これがはじめてであつた。道路も、旅館も、おどろくばかり立派になつてゐた。それよりおどろいたのは、湯ヶ島が堂々とした一個の町になつてゐることであつた。これには今昔の感を催した。

　しかし、もとの感じは到るところに残つてゐた。道の曲り具合も、山のたたずまひも、昔のままだつたし、溪流の様子もさして変つていなかつた。碑が建つた場処は、なかなかよい場処で、道路を隔てて湯川屋旅館に向つた、小高い場処である。あたりは折しも秋たけなはの季節とて、柿はたわわに実のり、茶の花は白く、赤のまんまは赤く、穂に出たすすきと、野ぎくの花の紫と、いかにもなつかしい。下草にこほろぎが鳴いてゐる。耳をすますと、すぐそれが聞こえた。

　まむかひの山は、みごとな杉林である。ふもとの竹林も、よかつた。ただ残念だつたのは、十一月三日といふのに、たうとう青空がのぞかなかつたことである。われわれが少年のころ、この日はたいてい抜けるやうな秋晴で、あたたかく赤い日ざしの色が、何よりあざやかに思ひ出される。前の日はまことにそのやうな上天気であつたのに、当日は雲が切れなかつたのだ。おそらくいちばん残念がつたのは、当の梶井であつたらうと思つた。

梶井はみんなの握手攻めにあつて、心からうれしさうであつた。ありがたうをくり返してゐた。彼はちつとも変つてゐなかつた。三十歳そのままであつた。それなのにわれわれは、七十の年よりであるといふのが、いかにも奇妙であつた。しかしそれは、あとから気がついたことである。

われわれは梶井をもとの湯川屋旅館にひとり残して、その日の午後湯ヶ島を後にした。

清流に寄せて

野村吉之助

歿後四十年にして湯ヶ島に碑が建つという。私には呼びかけもなかったがどうして費用を集めたのだろう、と三国の三好達治の時のことなど思い出しながら、湯ヶ島温泉街というのでバスを降りたのは除幕式前日の三時ごろであった。ここは始めてではないが、梶井生存中に遂に訪れることのできなかった地である。湯川屋前まで行くバスもあるとタバコ屋で教えてくれたが、歩いて行くことにして、道路から渓川の方へひとり下りてみた。このあたり、舗装されたバス道路や旅館のすがたは変ってしまっても、渓流の清澄が失われていないのが何よりうれしい。「交尾」の、あの描写の一節が思い泛んだ。それは昨夜久しぶりに全集を開いてそれを読んだからだが、私は少々危い思いをしながら流れまで降りてみた。水が美しく澄んでいて、河鹿の声はしなかったがそこいらの石の蔭に河鹿はいくらでも隠れているのではないかという気がする、「俺は石だぞ。俺は石だぞ」と念じて、梶井はずっと蹲まっている、というのだが、いかにも梶井らしく、うずくまっている梶井の姿態と顔つきが見えるようだ。私は、もうこんなに皺だらけになった自分の手を流れにさし入れ、冷たい水を何度も掬ってみた。立ちあがって、仰ぐ渓の両側の紅葉はもう盛りすぎていたが、これも梶井でなくては書けないあの

　——ニシビラへ行けばニシビラの瑠璃、セコノタキへ来ればセコノタキの瑠璃。

——という一行を呟いてみた。

　除幕前後の「偲ぶ会」では、半世紀前のさまざまな話が出、果ててからも部屋でおそくまで話がつきなかったが、翌日、除幕してはじめて見る碑は、場所といい石の姿といい、風格の高い故人のあの筆

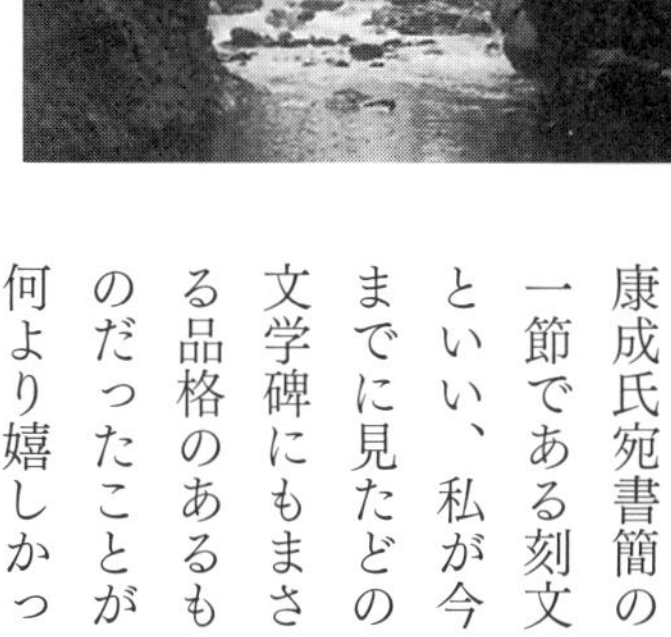

蹟といい、川端康成氏宛書簡の一節である刻文といい、私が今までに見たどの文学碑にもまさる品格のあるものだったことが何より嬉しかった。感傷を払ってしみじみとあの当時の梶井を偲んだ。今後幾年生きるか知らぬが、学生を連れてでもたびたび訪れたいと思う。この詩碑のために骨折ってくださった方々に心からお礼を申しあげたい。

除幕式に列席して

清水芳夫

湯ヶ島の湯川屋さんへの道を歩くのは四十年振りだった。道は昔のままの様に思えたので聞いたら、そうだとの話。

河鹿が鳴いていたこの渓で、鮎を刺す名人が誰だとか、天城のわさび沢の、あの見事なわさびの葉を、さっと湯がいて醤油をつけて食ったら酒には何とも言えないうまさだとか。こんな話をした梶井の顔が浮んでくる。そうだ、この道を真直ぐ上に登って行った時に、山の人に山鳩を譲って貰って焼いて二人で食った事があった。

湯川屋さんの溪向うの樹が、深々とした濃い緑をたたえて溪水に迫っていた。左手に吊橋があって、それを渡って少し歩いた所に椎茸の母樹があった。一面に椎茸が生えているのを赤い椿や石楠花の枝の横で、始めてみたのを覚えている。

この道の右手の丘の上に、見事に立派な梶井文学碑が建てられた。周囲に植えられた樹々に、参列の人々も見とれていた。除幕式の前夜、四十年ぶりに会って、色々の話が出た

思い出を語る平林英子氏

翌朝この美しい碑の前に立たされて、全く文字通り感無量だった。山の寒い気配が身にしみて、その思いは深かった。しかし、梶井の事だから、きっと、にこりと笑い乍ら「おい、えらいものを建てたなあ」と、あの沢山な黒い髪の毛をかき上げる事だろう。

皆と別れて、彦根の松村さんと一緒に帰路についたが、京都の家に帰った時私は「大切なものだけは、どんなにしても、どの様な事があっても、大切に、大切に、じっと育てていくことだ」と思い知らされた気がした。

そのうちに、宇治の上林君とこの茶を下げてこの碑とのみ交わしたいと思うている。

三十の翁

松村一雄

梶井は私にとつては翁であつた。偶然にも誕生日が同じの、二つ年長の翁である。

私が「青空」にはいつたのは、その終末期昭和二年になつてからである。梶井はすでに湯ヶ島に籠つてゐた。従つて直接面晤の機会は殆どなかつたのである。ただ私は彼のそれまでの作品に、ことにその頃書きつづけてゐた「冬の日」に、深く魂を揺り動かされる思ひを持つてゐた。

それは曾つて名古屋の八高にはいつて間もない頃、茂吉の「赤光」「あらたま」を読んで、文学といふものにはじめて開眼したと信じた時の心情に似てゐた。犀利な自然への観入、それを通しての自我の深層への潜入、それこそが正しく詩の正統であると私は観念してゐたのである。

「冬の日」は私に再びその同じ驚きと怡びを与えてくれた。その後私は雑誌の編集にも参画するやうになり、三好、淀野、中谷等の諸兄と交誼を深めるやうになつて、梶井の行実にもやや触れ得るやうになり、次第に畏敬の念を深めて行つた。その頃私はよく三好と酒間に芭蕉を論じることがあつた。そんな経緯の中で、梶井は私の胸憶の中に翁の座を占めるやうになつたのであらう。そう云へば私はその後、いくつかの芭蕉の画像に接して、その中にふと梶井の面影を見て愕然とすることがあつた。

ながい田舎教師の生活を遍歴して、私はすでに六十八である。しかもなほ私の胸の中には、梶井は三十の翁として生きてゐる。

この十一月二日、湯川屋での前夜祭の宴席で、私は梶井歿後の門弟と名乗った。勿論それは事実ではない。しかしそれは私にとつては昔も今も渝らない真実である。そういふ思ひで、私はあの梶井の森厳な文章が、現代の青年たちの心を強くうつてゐるといふ事実を噛みしめてゐるのである。

梶井文学碑に想う

土井逸雄

あの日、久しぶりで会った知人たちは、それぞれのとしのとり方で、皆としをとっていた。ただ梶井基次郎だけが、三十歳で若かった。

それは、中野重治流にいえば、当り前でないことはなかった。当り前でもあった。なにさま梶井基次郎がなくなったのは

四十年後の「青空」の語らい

一九三二年。今度彼の文学碑が建つというので集った旧知たちは、彼がいなくなってから四十年近いとしを重ねている。さる十一月三日。伊豆湯ヶ島。

集ったのは梶井生前の友人だけでなく、文学碑を建てるのに骨折った人々や、彼の作品を愛する人たちもたくさんいたが、いまだに三十歳の梶井基次郎は、四十年前に書いた作品によって、みんなを圧倒しているかのようであった。

夭折、老成、天才、病苦、貧窮、異常な感性、完璧な文体——こんな言葉をいくら並べてみても、どこかそらぞらしい。その場所その場所の、その時その時の、一人の少女、一片の雲、一顆の檸檬、ときには一匹の蠅、一つがいの河鹿……に彼が全感覚を集中して見出し、その作品に生き生きと定着させた揺ぎないものの確かさが、余人は知らず、見るべきものを確かに見定めず、言うべきことを明らかに言いいえず、徒らに悔いを積み重ねて来た私に、手痛くつきささって来るようだった。

除幕式・献饌

だから梶井文学碑が故人の最もよき友中谷孝雄夫妻をはじめ関係者のお骨折り

で出来たことは――自分のことだけ言って申訳ないが――わが余生のために、何とお礼を申上げていいかわからない。

余談になるが、湯ヶ島からの帰りの汽車のなかで、東京に帰ったらすぐ出直して、越前東尋坊へ、三好達治の詩碑を訪ねようと私は心にきめていた。このとしになっても、亡き先輩知己の遺跡めぐりをすることが、情閑を味うおだやかな気持でないのを残念無念とは思うが、これも仕方あるまい。

喜びと希い

平林英子

除幕式に伊豆へ出かけて、何よりも喜しかったのは、『青空』の方たちと、久々にお目にかかれたことだった。こんな機会がなかったら、皆が集って、一夜を語りあかすことも、なかったろうと、そんな意味でも、今度の文学碑の建立は、意義があったように思う。

あれから四十数年の歳月が流れ去り、お互に色々の事情もあって、一度も会えなかった友人たちを、忘れはしなかったが、私の頭の中には、詰襟の学生服を着た、若々しい青年の頃の姿が今も残されていて、現在はどんな風に変わられたか、想像もできはしなかった。

　私はその日、さまざまの思いに、多少の不安を覚えながら、受付の椅子に坐り、皆さんの着かれるのを待っていた。しかし、心配したほどでもなく、それぞれのお顔には、むかしの面影が残っていて、直ぐにわかったので、私は思わず立上り、声をかけてしまったが、心の中で『梶井さんは、とうとう生き残った友人たちを、湯ヶ島へ呼びよせたわね』とつぶやいた。同時にこの日を待ちながら、病気のために、出席できなかった、宇野千代さんや、他の友人たちのことを、残念に思わずにいられなかった。

　その夜、私と小山田嘉一夫人は、多少梶井さんに、ゆかりのあるという、小さい部屋で、枕を並べて休んだ。小山田夫妻が新婚旅行の時、湯ヶ島へ立寄って、梶井さんと数日を過したことは、生前の梶井さんから、よく聞いていたが、若くして未亡人となられた夫人と、私とは初対面であった。だのに私たちは、梶井さんを間にして、古い知合いのように、話は弾み、尽きることもなかった。

　梶井文学碑は湯川屋主人に守られて何時までも残されるだろうが、むかしの友人たちが再びこのようにして、集ることがあるかどうか。どうぞこれが『最後の饗宴になりませんように』と、私は心から希ってやまない。

梶井基次郎文学碑

石原八束

二十年近くも前のことになるが、湯ヶ島湯川屋をたづねたとき、主人の安藤さんが、梶井基次郎の文学碑を建てたいと思つてゐるのですが、碑石ももうさがしてあるので、帰京したら三好達治さんに話してはもらえないだらうか、といふ話があつた。建てる場所はこの辺りを考えてゐるのですが、といつて昔の湯川屋の玄関に下りてゆく傾斜地の途中の、一見坪庭のやうになつたところなどを予定地として示されたりした。そのすぐ先のところに湯川屋の二階のひさしがつき出てゐて、一またぎでそのひさしに飛び移ると、すぐに、二階の梶井さんの泊つてゐた部屋に入れるといつた地形である。胸を病んで息苦しかつた梶井さんが、庭や家の中の階段の登り下りを略して、ここから出入りしたこともそのとき聞いた。帰京して三好先生に文学碑のことを話すと、「それは嬉しいことだ。それにしても梶井が死んでからもう文学碑がたつほど歳月が過ぎたのかなあ、何もかも昨日のやうだ」と言われて感懐深さうであつた。それは昭和二十八九年の頃のことであつたから、梶井さんの没後ちやうど二十年程したときのことであつた。それから更にもう二十年近い日がたつのだから、三好先生が存命であつたら、何んと言はれるだらうか、と今度は私自身の感懐もまた湧くのをおぼえる。今度中谷先生、安藤さん及び皆美社の関口さん石川さん達のお骨折りで、立派な梶井文学碑が出来上つたのを、地下の梶井さんはもとより、三好達治も二十年前と同じやうに喜んでいるだらうと考へるはたのしい。三好先生の代役といふ意味からであらうか、当日除幕式の司会をつとめさせていただいたのは身に余る光栄であつた。折から白い茶の花が咲き、真赤に熟れた柿の実が文学碑の上にたわわに実つてゐたのは、梶井文学の「闇の絵巻」を考へるのに、かへつて何やらふさはしく思へたのが、いつまでも忘れがたい。

「青空」交響楽

紅野敏郎

今回の湯ヶ島での集まりのもようについては、すでに「読売新聞」に書いたりもしたことだが、旧「青空」同人、及び関係者の人と人とのふれあいの歴史の重さ、それに、「青空」と、関口、石川君ら皆美社の人びとをも含めての「白樺」とのつながりの重さ、それをひしひしと身に感じたことだった。梶井基次郎その人、というよりは、私には、全「青空」関係者そのものがなんといっても大きな魅力であった。梶井のような個性的な文学者をはぐくんだ「青空」の土壌、それ

「青空」を語る紅野敏郎氏

を私はとりわけ重視したい。従ってあの十一月二日の夜と翌三日朝の、実に多くの人びとのスピーチが私の心に強く残った。梶井や中谷夫妻を中軸とした「青空」交響楽、というふうに私には思えた。

とくに私は六人のスターチングメンバー、その一人一人について確めたい気持を強く持っていたのだが、その一人の忽那（現在、野村姓）吉之助氏が来ておられたことがとりわけうれしかった。「青空」における忽那氏の存在は、「白樺」における園池公致氏、あるいは「奇蹟」における舟木重雄氏の位置に相当する、と私は見当をつけていた。作家としては大成されることはなかったが、その繊細な文学的感覚、おのれを律するおのずからの気品と節度、そういったものをばフルに身につけておられる点でたしかに共通性あり、とにらんでいたのだが、現在大学の教師になっておられるその忽那氏のスピーチを聞くことができて、私はあらためて同人雑誌におけるスターチングメンバーの重要性を思い知らされた。スラリとした長身の、細おもての、いかにも英国型の紳士らしい忽那氏の風貌、それから若き日をイメージしつつ、私は、創刊号にのみ歌を寄せたまま退き、のち歌人・国文学者との道を学んだが惜しくも早世した、同人中の唯一の稲門系の稲森宗太郎のことをもあわせて思い出したりもしていた。いずれも梶井や中谷をとりまき、ときには一瞬怖れさせもしたはずの惑星的存在であったと思う。

除幕式に思ったこと、ふたつ

新郷久

梶井基次郎文学碑除幕式の十一月三日、湯ヶ島は天にも地にも「青空」が在った。

碑前に積まれた全集を見ながら、私は当時のことを回想していた。蒲郡で教鞭をとっていた私は、土曜日ごとに、授業を終えて駅まで駈け足、東京行の急行に飛び乗った。全集の編集方針や研究目録・書誌の作成について、淀野先生と打ち合わせをするために。私が最後まで主張したのは、せめて「冬の蠅」一篇の、定稿に到るまでの草稿全部を写真版で載せることだった。文章というものは、直してよくなるとは限らぬ、迷いに責めつづけられる業である。それが梶井の場合、添削を重ねるごとに、見

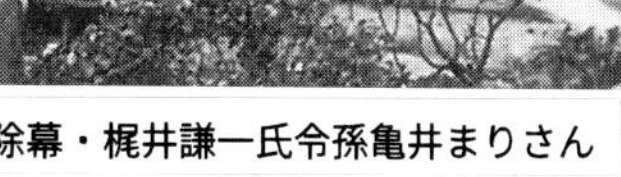

除幕・梶井謙一氏令孫亀井まりさん

違えるように彫琢されていく過程が眼に見えるのだ。それは梶井研究にとどまらず、日本語の文章作法上の貴重な資料なのだが、出版の事情から許されなかった。

鮮烈な短篇を生み、多くの詩人作家をして、「日本の文章の鑑」と言わしめた梶井の文体は、しかしロマンを可能にしただろうか。私にものを書かせる梶井は、また私にものを書かせない。私の内なる梶井を生かしたり殺したりする凄惨な戦いを避けないで追求しなければならないと思う。これが一つ。

もう一つは平林英子さんが紹介された高名な実業家の――勤め人はつまらぬ、貧乏でも文学者はいい、作品が残る、死後があるという述懐について。虚業である文学が、時代を超えて人の心に感動という遺産をつたえていく。無名のまま三十一歳で没した梶井の作品が、いらい四十年の間に深く浸透し、教科書にも載るというようなことは、実業の世界には見られぬ文学の正体を示すものだ。だが当代の作家の多くは、退職したら終りの勤め人、といって悪ければ大実業家ではないか。

創造的な仕事をする者は今の意匠にまどわされない。作家と評論家との間に起る齟齬は、つまりはこの時差の問題なのだろう。梶井の文学における死後の時間の芳醇さに、私はいたく励まされるのだ。

原初からの声

小山榮雅

日常空間を宿命的にはみ出すことのない我々でさえ、彼方の森の仄暗い隙間からこちらをうかがう狙撃銃の気配を、ふと感ずることがある。それは我々が「死」を主体的に所有できぬことへの潜在的叛逆とみることができる。一九二八年四月、湯ヶ島温泉から絶望的に立ち去ろうとする直前の梶井基次郎は、睡眠薬を通常の二倍も服用しなお不眠をつづけ、すでに体験的に「死」の暗さをほぼ知るという情況にあって、『冬の蠅』を書いた。酷寒の闇の街道を黙々と歩きつづけた内実を、かれはそこで、「定罰のような闇、膚を劈く酷寒。そのなかでこそ私の疲労は快く緊張し新しい戦慄を感じることが出来る。歩け。歩け。へたばるまで歩け。私は残酷な調子で自分を鞭打った。歩け。歩け。歩き殺してしまえ。」と再生し、その内発のたぎりを我々の前へ叩きつけてよこした。当時は結核が「死」を確実に付帯していたから、かれの行為は自己救済という意味ではきわめてラジカルなものであったとい

碑の真向いに天城の山々が見える

ってよいが、そのように「死」を背負いつつなおもその「死」をふり切ろうと酷寒に身をさらし自己救済をめざした人間はほかにもまだいくらもいるにちがいない。そして、かれらの「生」の実相を、我々はみずからの「生」意識がいかにも怠惰であるがゆえに、共感や羨望という曖昧な共有性でとらえることはできる。しかし、そうした固有の「生」の自立を、表現という行為によって再生し得た人間は、そうざらにいるとは思えない。物語の構成上、その主人公にこのような内奥を与えるという意味での表現でなら可能だし、それは決してこわくはない。そこで、なぜ、かれにはそのとき表現が必要だったのか、という問が発せられる。その問の埋め合せに、査証のない未知の暗黒を言語自律へのやみがたい熱度で支えつつ自己救済にとって「死」の重みとは何かを問おうとしたのだと集約してみても、それはまさに虚しいことだ。その原初からの声に耐えて尚もかれの表現への凝視を持続していくと、表現に内在する復讐性といったようなものが噴出して、それらが次々と戦慄へと凝縮していく。我々は途方に暮れるなかで、かれが「平俗な奴め」とひと言いって切り捨てようとしたあの太陽の日なたを、嘘偽と知りつつ愛すという矛盾をはらみながら、その戦慄の悪感を不当なものとしりぞけるすべを持たない。

除幕式を終えて

安藤公夫

　お忙しいお仕事を持っておられる皆さんが夫々に帰られてから、製作の西瀬先生御父子を吉奈温泉東府屋にある、お万の方の腰かけ石等に御案内し夕方家へ着いた頃から冷たい雨が降り出しました。親しい友人達が今までの労苦をねぎらってやろうと一席設けてくれたので、そこへ出かけ家へ帰ったのが何時頃かわからない程に酔っぱらって寝てしまいました。翌朝七時頃起きて碑のまわりの掃除に行きました。雨はやんでいましたが、しっとり濡れた碑が心なしか、ずっしりと落ついてずっと前から此処に建っているように思われました。間もなく西瀬先生方もいらしって写真を撮って頂いたり色々のことを教えて頂いたりしながら碑を見つめていると改めてその立派さに惚れこんでしまいました。

　昔、ある朝のこと、川の方からもの凄く大きな声がきこえるので両親と雨戸を明けて見ると、まだ薄暗い川の真中にあ

建碑工事・11月2日

る大きな石の上に真裸になった梶井さんと三好さんがお互の肩を抱き合って泣きながら何やらわめいていました。子供心にも何か鬼気迫るといった感じになったことをおぼえています。碑の二倍位の大きな石でしたが、狩野川台風の時流れてしまいました。その後ずいぶん探しましたが淵に沈んでしまったのか砕けてしまったのか全然見当りません。こんなことを想い出しながら碑を見ていると、なんだか、見つからないあの石が能勢の妙見山の峡谷から小さくなって帰って来たのではないかなど、あり得ないこと等も考えたりして、碑の傍にいる時間がつい長くなってしまいます。

式の時はまだ沢山あった柿の葉もすっかり落ちて、更に赤みを増した実が冬空にくっきりと浮んでいます。植えたつつじ、石楠花、八重桜もみな元気です。出来ますことなら、年一度皆様方に又碑の周囲で赤飯のおにぎりでも食べる会をつくって頂きたいと思います。西瀬先生に教わった竹燗の酒を差上げたいと思います。

十一月十九日川端先生が奥様とこっそりお見えになりまして碑を御覧になりました。私は留守をしてお会い出来ませんでしたが、家内に「梶井君も静かでいい所へ碑を建ててもらって喜こんでいるでしょう」と御機嫌よく帰られましたことお知らせ致します。

（湯川屋）

梶井文学碑の設計と制作

西瀬英行

川端康成・中谷孝雄両先生の発起で、湯ヶ島に梶井基次郎文学碑建立の計画があるので設計と制作を――と、かって埼玉の新しき村に私の名づけ親でもある武者小路実篤先生の詩碑を制作したゆかりで、皆美社の関口・石川両氏から電話あった時、私は宇野千代先生の那須山荘に刻んだ地蔵菩薩像の開眼供養に参列していた。奈良に帰って老父から建碑の話をきいて、中谷先生同様故佐藤春夫先生と老父が縁故深かった因縁もあって、何か宿命的なつながりの不思議を感ぜずにおれなかった。

梶井さんが大阪住吉区王寺町で逝かれたころ、私一家は偶然その近くに居を移し、現在勤めている大学も梶井さんが晩年をすごした伊丹の稲野に隣接する池田市にあって、池田一帯は湯ヶ島同様昔から猪が名物、古典落語にまでなっている。そこで私は伊丹を流れる猪名川の水源・能勢谷の堅牢で粘り強い黒御影石がふさわしいと考え、嵯峨の石寅社長や梶井さんと同じ明治三十四年生れの老父と、連日泥ンこになって自然石探しに猪の出没する能勢峡谷にはいる一方、新聞二ページ大のブロンズ碑面制作にとりかかった。

何よりも感動したのは、川端先生から拝借した梶井書翰が、四十五年の星霜を経た今日なお真新しいまでに大切に保存されていて、先生のあたたかいお人柄がうかがわれたこと、原稿用紙に毛筆でしたためた梶井さんの筆跡の流麗さ、これが弱冠二十六歳の手跡かと驚いたことで、ブロンズに移すのに力がはいった。碑域の造園も湯川屋さんや故人旧知の庭師たちによって、すべて設計図通り、ツツジや石楠花・八重桜・柿などを配してくれたのもうれしかった。

ともあれ拙作の文学碑、不滅の梶井文学が今後さらに広く深く愛読される道標ともなれば、設計・制作担当者として望外のよろこびである。

（大阪教育大学美術部助教授）

端心掃庭

西瀬英一

除幕式の翌日、朝まだき露に濡れた文学碑を撮そうと山にのぼると、湯川屋さんが独り碑前で柿落葉を掃いていた。数日来の疲れでまだ起きていないだろうと思っていただけに心をゆさぶられた。如何にも恬しそうな無心の姿である。そっとカメラに収めて山

を下ったが、その時「精進女問経」の
　居住俗家　端心掃庭　得五功徳
が自ずと口誦まれてきた。思いがけず
心を端（ただ）しくして庭を掃く浄らか
な姿をかいまみたわけである。
　梶井さんが湯ヶ島にいたころ、公夫さ
んはまだ八歳の少年だったそうだが、梶
井文学碑の建立は久しい念願で、息子さ
んに家業をゆずった後は、碑のほとりに
梶井記念館を兼ねた小さな隠宅をたて、
見学の若人たちに渋茶でも汲んで、碑守
りの余生をすごしたいといっておられる。
天は必ずや湯川屋さん一家に五功徳、五
つの祝福を授けるだろう。

建碑に参加して

関口弥重吉

　梶井の文学碑を建てるお手伝いをして、
近頃こんなに気持ちのいい仕事をしたこ
とはなかったと思う。石川とは十年来の
友だちだが、ことにこの四、五年は彼の
傍にたいていい僕がいるような具合になっ
ているから、碑の話は前から知っていた。
石川の梶井文学への傾倒は、僕ら仲間う
ちでは誰もそこに介入できないような熱
っぽさを持っていたし、文学碑というも
のに僕は少しの疑問を持っていたので、
まさか自分が梶井の文学碑を建てる仕事
に参加することになるとは思いもかけな

かった。しかし建立の実際の話になって、僕が奈良の西瀬さんを知っていたことから、このことに引き入れられてしまった。西瀬英一さんを知ったのは、僕が新しき村に住んでいる頃、雑誌の編集のことでいろいろお世話になったのだから、もう二十年も前のことになる。梶井の碑の製作をお願いする最初の電話をしたとき、製作にあたってもらうはずの息子さんの英行さんは、いま那須の宇野千代さんのところへ行っているという話で、その偶然の奇縁に驚いた。話がだんだん進んでみると西瀬さん父子も梶井文学のゆかりの人であった。僕自身は、中谷先生の家で碑文がきまるとき、梶井の川端さんあての手紙の文章とその字に完全に魅せられていた。湯ヶ島への車の中で、石川に「何だか俺は梶井の霊に引き寄せられているみたいだなあ」と言った。事実、古風に考えれば不思議なことが多かった。湯ヶ島で二十年ぶりに会う西瀬英行さんと落ち合い、湯川屋の安藤さんに会ってその人柄に接すると、もう自分がこのことで動き廻るのは当然のことのような気がしはじめたのである。

僕はいい作家を知り、その人たちの友情を知って、そこに人間の最も信頼すべき純粋なものを見ることができたと思っている。梶井の文学碑の建立に参加して、そのことを現実にさらに確認できたことをこの上なく得難いことだと思っている。梶井の文学碑は僕にとってそういう記念碑になった。僕はこの文学碑を愛する者である。

日だまり

——除幕式前後——

石川　弘

梶井はその文学においても、人間においても、誉ある人だと僕は思う。

幸いにして、僕は梶井のほかにそうした文業の方々を二、三存じあげている。その方々は現在八十歳以上であり、またちょうど七十歳、六十歳になられようとしている。もし仮に梶井が生存していれば梶井もその歳月に達している。そうした文業の方々の存在は僕にとってある新鋭の作家に言わしめれば、僕のそれは幸福であり、ときにそうでないのかも分らないと云うことのようだ。

然し漠然と湯ヶ島での営みの中でそのこと思い浮べ、また遠い地の果てで思い起した時、僕は倖わせを感じた。

そう、いま思い出すではないけれど、昭和三十四年二月、筑摩書房から梶井全集が刊行されたときの倖わせであるのかも分らない。その年から十、一、二年、梶井とのそれは僕の歳月だ。まだまだ淡く、まだまだ若い。それより三、四年以前、中谷先生からと湯川屋の安藤氏から聞いたことだけど、梶井の文学碑の話がすすみ、石と土地を見に中谷先生、今は亡き淀野（隆三）、三好（達治）の諸氏が湯ヶ島を久しぶりでおそろいで訪ねたという。この三人の方々はちょうどいまから七年前（昭和三十九年三月）三田の宝生院の小山君のところでおこなわれた梶井の三十三回忌の発起人でもあった。

このたびのことはこのことが深いなにかしら三人の方々の約束事のように思われてならない。——簡単に事務を扱った者のつとめとして報告をさせていただくならば、そうしたことを根底に中谷先生のところに梶井のお兄様の梶井謙一氏から文学碑のお話しがあり、たまたまこの春湯ヶ島の湯川屋を訪ねた僕は安藤氏と念願の碑の話になり、同じ春、あらためて中谷先生ご夫婦と僕はその土地を見に湯川屋を訪ねたのであった。碑の〈ことば〉は中谷先生が鎌倉の川端先生を訪問されて、打合わせをしていただき、梶井が川端先生にだされた書簡の一節を採られることと、その文章を両先生がお決めになった。また副碑も川端先生みずからお書きくださった。いよいよ除幕式も三週間ほどに近づいたある日、中谷先生の奥様からの電話で鎌倉の川端先生のお住いにその書をいただきに行った日のことは、僕にとって忘れ難い爽やかな思い出になりそうである。それは文業の徳というものであることを除幕式を終えた後日僕はしみじみと感じた。それはまた梶井の碑のある小高い丘の上が世古ノ滝でいちばんあたたかい、日だまりのあつまる所であることを湯川屋の奥さんから聞いたからであろうか。

梶井は天城の季候の変りやすい自然の中で好きな日光浴を生涯つづけられることにそうしてこのたびなったのである。

なお補足させていただくならば十一月二日の夜、梶井を偲び往時を語る会を湯川屋安藤氏の好意で開いたのであるが、除幕式の通知と共にその招待状を百通をだし、じつに五十名の方々がきてくださった、また当日は土地の方々を合わせて七十五名余りのじつににぎやかな除幕と団楽であったが、中谷氏の努力にもかかわらず三高の住所録が近ごろ出ていないそうで二、三そうしたことから三高と「青空」の方々に通知が出せなかったことを報告しておかねばならないのである。

お礼

梶井謙一

みなさまのご尽力で、このたび亡弟、基次郎の文学碑（記念碑）を建てていただき、厚くお礼申し上げます。

わたしのような電気屋の端くれが感じ

ることは、電気の応用畑では、功績があっても、記念碑が建つようなことは、あまりなさそうなことです。

テレビのように、大ぜいの人達が毎日ご覧になるものでも、画面に出る人達の名前が世間の口の端にのぼることがあっても、テレビ自体を発明した人の方は、特殊な場合を除いて、問題にされることはないようです、テレビ発明記念碑くらいあっても差支ないように思うのですが。

しかし、同じ電気でも、理論畑になると、法則などは、それを考え出した人の名前で呼ぶことが多く、また、電気の諸量の単位の名は、これは、ほとんど人名です。電気理論の門をくぐる人たちは、一応は、これらの人名の前で立ち止るでしょう。これは、電気畑での、ひとつの記念碑なのでしょうが、その数は、あまり多くはありません。

絵画、彫刻、音楽、小説などで、立派なものは、作品と作者の人名とのつながりが、電気畑よりも、はるかに密接なのは、電気屋から見てうらやましいことです。

電気畑では、その人でなくても他の人が、数年あるいは数十年後に同じことを考え出す可能性があり、問題になるのは、はやいか、おそいかであって、その人でなくては、その作品が生れない、というのとは異質なのです。テレビ記念碑が建たないのも、そのためでしょう。

これに対し、その人でなくては生れな

い作品は、それ自体がその人の記念碑といえましょう、基次郎の小説も、それ自体が、ひとつの記念碑（紙上での）と思っています、わたしのように、読んでも内容が理解しにくい人間は、特にそのように思うのかも知れませんが。

　今回、みなさまのおかげで、石作りの記念碑ができ上ったのは嬉しいことですが、（紙上の）記念碑が世間から忘れられて、石の記念碑の方だけが、いたずらに健在であると、いうことがないように、基次郎が薄幸であっただけに、かげながら祈っている次第です。

ここに掲載した写真は次の方々の提供によるものです。お礼を申し上げます。
勝呂睦男氏　小山榮雅氏　久保義信氏
西瀬英一氏（順不同）

梶井基次郎と湯ヶ島

一九七八（昭和53）年五月二三日　第一刷発行
一九八三（昭和58）年五月一四日　第二刷発行
一九九一（平成３）年三月　第三刷発行
二〇一六（平成28）年六月二〇日　第四刷改版発行
二〇二四（令和６）年二月一七日　第五刷増補改版発行

編集　安藤公夫
増補改版編集　一般社団法人　伊豆文士村
発行者　長倉一正
発行所　有限会社　長倉書店
〒四一〇－二四〇七
静岡県伊豆市柏久保五五二－四
電話　〇五五八－七二－〇七一三
メールアドレス　info@nagakurashoten.com
デザイン　木村美穂（きむら工房）
印刷・製本　株式会社　光邦
ISBN　978-4-88850-217-7